Pferdeinternat Inselglück
Im Galopp zum Sieg

**Weitere Abenteuer im
Pferdeinternat Inselglück:**

Milas großer Traum
Im Galopp zum Sieg

Emma Norden

PferdeInternat
Inselglück

Im Galopp zum Sieg

Loewe

ISBN 978-3-7855-8661-7
1. Auflage 2016

Umschlagfoto: © iStock.com/wundervisuals
Umschlaggestaltung: Michael Dietrich
Printed in Germany

www.loewe-verlag.de

Inhalt

Pferde, immer nur Pferde!

Adessos Muskeln spannten sich, als er zum Sprung ansetzte. Das kleine alte Fischerboot, das dort am Strand lag, überwand er mühelos. Mila lächelte, als sie im nassen Sand landeten. Die Gischt der Wellen kühlte ihr Gesicht, als …

„Mila, passt du auf?“

Eine laute Stimme riss Mila aus ihren Gedanken. Sie blinzelte und sah sich verwundert um. Viele grinsende Gesichter blickten zurück. Verflixt, sie war nicht am Strand, sie saß bei Mister Green im Englischunterricht.

„Äh, wie bitte?“, flüsterte sie.

Mister Green runzelte die Stirn. „Bitte übersetze uns den letzten Satz auf Seite 14.“

Mila starrte auf ihr Buch. Der letzte Satz. Ach, das war dieser Kram von *Romeo und Julia*: *My only love sprung from my only hate; too early unknown and known too late!*

Oje, Mila hatte keinen Schimmer. *Love* hieß Liebe und … Zum Glück wisperte Jan ihr von hinten ins Ohr: *„So einzige Lieb aus großem Hass entbrannt …“*

Mila verstand nur die Hälfte und stotterte los: „So eine Liebe aus Hose sprang???"

Die Klasse prustete los. Selbst Mister Green konnte sich ein Schmunzeln nicht verkneifen. „So, so, da entspringt die Liebe also."

Mila wurde knallrot.

Mister Green klopfte mit dem Stift auf seinen Tisch. „Please, boys and girls, wieder Ruhe. Und Mila, denk nicht so viel an Pferde. Wir haben jetzt Unterricht und du solltest wirklich mitarbeiten, wenn du deine Note bis zum Sommer noch verbessern willst!"

Mila nickte.

Plötzlich ging die Tür auf. Franzi stapfte herein. Mehr als eine Viertelstunde zu spät. Sie huschte rasch auf ihren Platz. Die Tür ließ sie offen.

Mister Green hob eine Augenbraue. „Franziska, woher kommst du denn?"

Franziska stand auf. „Entschuldigung, Mister Green, ich musste noch ganz kurz zu Black Velvet ..."

Mister Green seufzte. „Immer diese horses. Englisch ist wichtig, Franziska. And now, please ...", er zeigte zur offenen Tür, „shut the horse."

Jakob und Mark prusteten laut los, der Rest der Klasse gluckste vor sich hin. Während Franzi nur erstaunt aufsah, stand Jan auf, um die Tür zu schließen. Als er ein leises Wiehergeräusch dabei machte, war es auch um Mila geschehen. Die ganze Klasse kicherte.

Mister Green seufzte erneut. „Never, never werdet ihr auch nur das kleinste bisschen Englisch lernen."

Selbst nach fünf weiteren, anstrengenden Unterrichtsstunden war Mila die gute Laune geblieben. Michel hielt ihr und Charly – wie ein echter Gentleman – die Tür des alten Backsteingebäudes auf, in dem der Unterricht stattfand. „Ihr werdet niemals Englisch lernen. Never, never!", ahmte er den verzweifelten Mister Green lachend nach und raufte sich die kurzen braunen Haare.

Mila grinste. Dann verzog sie ihren Mund. „Er hat gar nicht so unrecht. Mein Englisch ist echt mies, das wird nie was. Im ersten Test hatte ich eine Fünf. Wenn ich den nächsten auch vermassele ... Ich mag gar nicht daran denken."

Charly kicherte. „Ach was. Englisch ist gar nicht so schwierig."

„Du hast leicht reden", grummelte Mila und bemühte sich, nicht auf die vielen Gänseblümchen zu treten, die ihre Köpfchen aus den Ritzen des alten Kopfsteinpflasters streckten. „Du hast das ja anscheinend mit der Muttermilch eingesogen und kannst alles fast im Schlaf. Genau wie Jan. Aber der ist wenigstens Sohn einer Engländerin. Warum bist du eigentlich so gut darin, Charly?"

Ihre Freundin wurde rot. „Quatsch, kann ich doch gar nicht", wiegelte sie ab und sah auf ihre Uhr. „Ach herrje, los, los – noch zwei Minuten bis zum Essensgong!"

Sie begannen zu rennen. Wer nicht rechtzeitig am Tisch saß, bekam einen tadelnden Blick von Frau Käthe, der lieben, kugelrunden Internatsköchin. Und wenn man Pech hatte, musste man auch noch den Speisesaal fegen.

Nach ein paar Schritten bog Michel in Richtung der Ställe ab.

„Isst du nicht mit uns?", fragte Mila erstaunt.

Michel schüttelte den Kopf. „Nein, ich grille heute mit meinem Vater. Wir sehen uns später. Guten Appetit!"

Michels Vater war der Stallmeister im *Pferdeinternat Inselglück*. Mila mochte ihn gern. Er war auf der Insel geboren und lebte mit seinem Sohn nun in einer der Lehrerwohnungen. Man traf ihn fast immer in den Ställen oder auf dem Gelände an und Mila wusste, dass er manchmal sogar die Mahlzeiten mit Michel im Stall einnahm. „Es geht nichts über eine Käsestulle mit dem Duft von Pferdeäpfeln in der Nase", pflegte Michel grinsend zu sagen.

Mila lächelte, als sie daran dachte. Dann beeilte sie sich, Charly zu folgen.

Auf dem Speiseplan standen heute Spaghetti mit Lachs.

„Hm, es gibt mein Lieblingsessen", schwärmte Charly.

Mila nahm sich eins der grünen Tabletts und stellte sich in die Schlange. „Charly, du behauptest doch jeden Tag, es gäbe dein Lieblingsessen."

Da steckte Frau Käthe ihren Kopf durch das Fenster der Essensausgabe. „Das ist auch gut so", sagte sie. Ihre kunterbunte Schürze mit Pferdeköpfen darauf – ein Geschenk der Internatsschüler, vermutete Mila –

spannte sich über ihrem runden Bauch, auf den sie jetzt liebevoll klopfte. „Gutes Essen hält Leib und Seele zusammen. Und ich koche doch gut oder –“ Sie sah Mila entsetzt an. „Oder schmeckt es dir etwa nicht, meine Liebe?“

Mila nickte schnell. „Doch natürlich, Frau Käthe, Ihr Essen ist wundervoll!“ Und das war ihr absoluter Ernst. Sie hatte sich sehr vor fürchterlichem Kantinenessen gefürchtet, als sie vor einigen Wochen hier ins Internat gekommen war. Man hörte ja schreckliche Dinge über Großküchen. Doch alles, was Frau Käthe kochte, schmeckte stets hervorragend. Jetzt lächelte sie beschwichtigt und häufte den Mädels eine extragroße Portion Spaghetti auf die Teller.

Mit sehr zufriedenem Gesicht setzte Charly sich an einen freien Tisch. „Du magst das Essen doch wirklich, oder?“, fragte sie Mila misstrauisch. Sorgfältig entfaltete sie ihre Serviette und legte sie über ihre Knie, bevor sie elegant einige Spaghetti auf ihre Gabel drehte und sie zum Mund hob.

Mila bejahte, während sie verzweifelt versuchte, die widerspenstigen Nudelfäden aufzudrehen. „Auf jeden Fall. Es ist viel besser als das Essen meiner Mutter. Sie ist zwar eine gute Ärztin, aber halt keine gute Köchin.“

„Hoffentlich kocht sie nicht für die Menschen in Kenia“, meinte Charly.

„Du liebes bisschen“, gab Mila entsetzt zurück. „Sie soll die Menschen dort gesund machen und nicht krank!“

Milas Eltern waren als Ärzte zu einem einjährigen Einsatz nach Kenia aufgebrochen, was der Grund für Milas Aufenthalt im Internat war. Leider war das Programm im März gestartet und Mila hatte mitten im Jahr die Schule wechseln müssen. Zunächst wollte sie nicht wirklich gern ins Internat, aber zum Glück hatte sie rasch Freunde gefunden und auch das Springreiten machte ihr inzwischen richtig Spaß.

Nach dem Essen gab es eine einstündige Mittagsruhe, die jeder nutzen konnte, wie er wollte. Mila putzte gemeinsam mit Nele ihre Reitstiefel.

„Du hast dich gut eingelebt, nicht wahr?“, sagte Nele freundlich. Das war nicht selbstverständlich, manchmal konnte Milas Zimmergenossin sehr zickig sein. Aber seit Mila Nele geholfen hatte, ihr geliebtes Pferd Fairy zurückzubekommen, war Nele ihr gegenüber wie ausgewechselt.

„Ich hab's mir viel schlimmer vorgestellt“, gab Mila zu. „Aber jetzt, wo ich alles kenne und mich an die vielen Termine gewöhnt habe, ist es viel leichter geworden.“

Nele nickte. „Apropos Termine, heute kommen Luke und Tamara zusammen zum Training, hast du das gewusst?“

Mila sah erstaunt auf. „Nein, warum denn?“ Normalerweise fand das Training nur mit einem ihrer Reitlehrer statt.

„Ich denke, es geht um die Reitprüfungen Mitte Mai“, vermutete Nele.

Mila seufzte. Sie hatte schon davon gehört. Prüfungen gehörten nicht zu ihren Stärken, sie war schrecklich nervös davor. Nele deutete ihr Seufzen falsch und meinte: „Du startest ja nicht in unserer Kategorie. Du machst ja zunächst mal die E-Klasse, weil du erst mit dem Springreiten angefangen hast. Da sind die Hindernisse noch nicht so hoch."

Zum Glück, dachte Mila.

Nele stellte ihre glänzenden Stiefel auf den Boden und begann, sich umzuziehen. „Na komm", sagte sie. „Auf geht's."

Prüfungen und andere Sorgen

Als Mila in ihre Reithose geschlüpft war und die Stiefel angezogen hatte, griff sie ihre Jacke und lief zusammen mit Nele zum Stall.

Nele steuerte sofort Fairys Box an. Ihr Pferd begrüßte sie mit einem leisen Wiehern. Dagegen klang Adessos Begrüßung wie ein heiseres Husten. Mila lachte. „Na, du Witzbold?“ Sie streichelte sein warmes Fell und gab ihm einen Kuss auf die Nase. „Hast du Lust auf Training?“, fragte sie. Adesso schnaubte. „Sehr schön, jetzt geht’s nämlich richtig los mit dem Springen – wir müssen gut genug für die Prüfung werden“, erklärte Mila ihm und wusste gar nicht so genau, wie sie das selbst finden sollte.

Luke und Tamara warteten schon, als Mila und die anderen sich am Reitplatz einfanden. Die elegante Reitlehrerin stand auf einem umgedrehten Eimer als Podest. Sie betrachtete ihre Schüler eingehend, bis alle still waren.

„Liebe Reitschüler“, begann sie förmlich, „schon sehr bald steht euch die nächste Springreitprüfung bevor. Ihr werdet alle in der A-Klasse antreten, bis auf Mila, die in der E-Klasse startet. Es handelt sich um ein Stilspringen, wie ihr wisst, kommt es dabei nicht nur auf Fehler und Zeit an, sondern hauptsächlich auf den Stil: korrekter Sitz, Rhythmus, Linienführung. Ab heute wird der Unterricht auf die Prüfung zugeschnitten, das heißt, wir üben die geforderten Hindernisse ausführlich. Einigen von euch wird es nicht schwerfallen" – hier warf sie einen schnellen Blick auf Nele und die Zwillinge Mark und Jakob – „andere werden hart an sich arbeiten müssen. Denn natürlich müsst ihr nicht nur das Pferd trainieren – euch selbst müsst ihr ebenso fordern. Ohne einen guten Reiter kann das beste Pferd nicht gut springen."

Luke nickte.

Mila kaute auf ihrer Unterlippe. Tamara konnte einem echt Angst machen. Oder sollte das etwa eine ermutigende Ansprache sein? Dann lag sie weit daneben, fand Mila. Adesso spürte ihre Anspannung und stupste ihr freundschaftlich in den Rücken. Mila stolperte einen Schritt nach vorne und wurde rot. „Ähm, t'schuldigung!", murmelte sie.

Tamara beachtete sie gar nicht. „Ich brauche wohl nicht extra zu erwähnen, dass die Ergebnisse der praktischen Prüfung maßgeblich für die Zeugnisnoten sind, oder? Also strengt euch an! In der mündlichen Note wird übrigens berücksichtigt, wie viel Einsatz und Trainingszeit ihr investiert habt."

Mila seufzte. Das mit dem Einsatz hatte Tamara sicher nur für sie gesagt. Es sollte vermutlich bedeuten, dass Mila die Prüfung nicht schaffen würde und wenigstens mündlich eine gute Note bräuchte …

Tamara stieg vom Eimer hinunter und gab erste Anweisungen.

Charly flüsterte Mila zu: „Du guckst, als wärst du in Pferdemist getreten. Was ist los?"

Mila zuckte mit den Schultern. „Ach, mir graut es vor Prüfungen. Außerdem fehlt mir immer noch so viel Technik. Warum muss man eigentlich ständig Prüfungen und Tests und sonst noch was machen?"

Charly grinste. „Na komm, das wird schon. Du hast ja auch noch mich und die anderen. Wir helfen dir!"

Gleichzeitig schnaubte Adesso Mila genau ins Ohr. Das war so laut und nass, dass Mila quiekte.

„Mila, konzentrieren, bitte!" Tamara sah sie streng an.

Aber Luke lachte. „Wir fangen ja gleich an, dann verfliegt die Anspannung. Tamara und ich beobachten euch heute noch einmal gemeinsam und beurteilen dann, wer welche Dinge gesondert üben muss. Ach ja, und ihr bekommt ab nächster Woche zusätzlich Yoga-Unterricht."

Jakob rief: „Für uns oder die Pferde?"

Luke schmunzelte. „Ich würde Windfuchs zu gern im Lotussitz sehen, Jakob. Aber wir fangen mal mit den Schülern an."

Der Parcours war großzügig angelegt. Tamara sprach alles mit ihnen durch und ließ die Schüler zunächst selbst entscheiden, in welcher Reihenfolge sie über die

Hindernisse reiten wollten. Dabei blieb sie mit Luke als stiller Beobachter am Rand.

Als Mila an der Reihe war, stieg sie nervös auf. Das war ja jetzt schon wie eine Prüfung! Sie konnte Prüfungen nicht leiden. Wo blieb da der Spaß an der Sache? Adesso tänzelte. „Konzentrieren, Adesso!“, flüsterte Mila ihm ins Ohr. Doch es half nichts. Natürlich spürte er Milas Anspannung und zuckte nervös mit den Ohren. Zum Glück wurde es etwas besser, als sie antrabten. Mila fühlte Adessos gleichmäßigen Rhythmus und ließ sich in seinen Takt einfallen. Schon sprangen sie mühelos über den ersten Steilsprung. Dass die Landung technisch nicht gut war, merkte Mila selbst, aber es machte ihr gar nichts aus. Springen war einfach ein Riesenspaß! Lächelnd ritt sie weiter und überwand mit Adesso die anderen Hindernisse. Dann wollte Mila den Oxer nehmen. Doch was war das? Scheinbar hatte Adesso etwas Interessantes erspäht, denn plötzlich zog er zur Seite! Mila hatte nicht aufgepasst und ließ überrascht zu, dass ihr Hengst zu Vanilla trabte. Neugierig beschnupperten die Pferde sich. Mila schaute so verdutzt drein, dass die anderen Schüler zu kichern begannen.

Kleinlaut sah Mila zu den Reitlehrern hinüber. Tamara hatte die Stirn gerunzelt, aber Luke lachte nur. „Das hast du schon sehr gut gemacht, Mila, aber du solltest Adesso zeigen, dass er ein Pferd und kein störrischer Esel ist.“

Mila nickte. Wie gut, dass Luke immer so locker war. Sie stellte sich an die Seite zu Michel. Eigentlich war sie ganz froh, dass Adesso verweigert hatte – seit er beim Marumer Springen eine Stange gerissen hatte, jagte der Oxer Mila einen Heidenrespekt ein. Sie wollte einfach nicht, dass Adesso sich verletzte! Gedankenverloren betrachtete sie Nele, die ihr Pferd mit ernstem Gesicht zum Parcours lenkte.

„Wie konzentriert sie immer ist“, stellte Mila bewundernd fest.

Michel warf ihr einen amüsierten Blick zu. „Jeder hat seine Schwächen“, erwiderte er.

„Ach, und was sind Neles?“, fragte Mila, die sich wirklich nicht vorzustellen vermochte, was die perfekte Nele hier noch groß zu lernen hatte.

„Schau sie doch an“, sagte Michel leise. „Sie ist viel zu ehrgeizig und verbissen. Das macht steif und verkrampft.“

Mila sah zu, wie Nele den Oberkörper vorm Hindernis nach vorne bewegte und sich in den Entlastungssitz begab. War das wirklich steif? Für Mila wirkte es eher wie vollkommene Körperbeherrschung. Das würde sie niemals lernen.

„Und irgendwas stimmt auch mit Fairy nicht“, brummte Michel.

„Ach was“, meinte Jakob, der neben ihnen stand und Michels letzte Bemerkung offenbar gehört hatte. „Fairy muss sich erst wieder an das Training gewöhnen. Das wird schon!“

Mila dachte an die letzten Wochen zurück. Da hatte sie herausgefunden, dass Neles Eltern ihr Pferd vor einigen Monaten wegen finanzieller Probleme hatten verkaufen müssen. Daher hatte es lange in einem Gestüt auf dem Festland gestanden, wo es nicht geritten worden war, weil es niemanden an sich herangelassen hatte. Fairy hatte unter der Trennung ebenso sehr gelitten wie Nele, die sich aus Verzweiflung verschlossen und unfair verhalten hatte. Als Mila und Charly Fairy entdeckt hatten, war sie vor Kummer ganz abgemagert gewesen. Der neue Besitzer hatte die Stute gern zur Pflege an das Pferdeinternat gegeben, wo sie schnell aufblühte. Da dies jedoch erst ein paar Wochen her war, hatte Fairy natürlich noch nicht zu ihrer ursprünglichen Topform zurückgefunden.

Doch Michel wiegelte ab. „Nein, da ist noch etwas anderes mit Fairy. Ich weiß nur grad nicht was …“

Jakob klopfte ihm lachend auf den Rücken. „Du bist und bleibst ein Pessimist, Kumpel!“

Michel sah ihn genervt an. „Vielleicht ist es einfach ein bisschen viel des Guten. So ein Pferd kann ja nicht nach zwei Wochen schon wieder olympische Leistungen bringen – man muss auch Rücksicht auf die Tiere nehmen!“, sagte er laut.

In diesem Moment tauchte Nele neben ihm auf. Sie hatte den Parcours beendet und Michels letzte Worte gehört. Nun lächelte sie spöttisch und meinte: „Weil du ja auch so ein Experte für Springpferde bist. Hast du überhaupt jemals ein Hindernis übersprungen?“

Michel wurde rot. Mila schaute ihn mitfühlend an. Er sah aus, als wisse er nicht, ob er wütend oder beschämt sein sollte. Nach einem kurzen Moment wandte er sich einfach um und ging weg. Dabei streifte er

Mila mit einem Seitenblick, der sie zusammenzucken ließ. Sie wollte ihm nachlaufen, aber aus irgendeinem Grund blieben ihre Füße stehen. War er nicht tatsächlich sehr anmaßend gewesen? Er nahm gar nicht an den Reitstunden teil und wusste nicht, wie es war, mit einem Pferd zu springen. Wie konnte er da Nele so kritisieren? Aber Nele hatte sich dennoch fies verhalten und eigentlich wusste Mila nur zu genau, dass sie Michel hätte beistehen müssen. Sie seufzte. Musste denn immer alles so kompliziert sein?

Erst als die Reitstunde vorbei war, alle ihre Pferde versorgt hatten und der Stall sich langsam leerte, machte Mila sich auf, um Michel zu suchen. Ganz am Ende des Stalls gab es einen kleinen Büroraum, in dem Michels Vater sich oft aufhielt. Mila sah Licht und ging darauf zu. Da entdeckte sie Michel, der neben der Tür stand. Warum ging er nicht hinein? Er stand mit dem Rücken zu Mila, sodass sie seinen Gesichtsausdruck nicht erkennen konnte, aber es wirkte, als ob er lauschte. Jetzt hörte auch Mila die Wortfetzen aus dem Büro. Anscheinend telefonierte Herr Gründgen.

„Nein, kein Problem … die Rate wird bald überwiesen … ja, ich stehe dafür ein … nein … muss erst auf den Geldeingang warten … in zwei Tagen … bitte nicht … ich brauche das aber …“

Milas Magen zog sich zusammen. Das hörte sich nicht gut an. Es ging offenbar um Geldschwierigkeiten. Sie wollte nicht lauschen und trat leise den Rückzug an. Doch sie stieß an eine Trense, die an der Wand hing, und das leise Klimpern verriet sie – Michel drehte sich zu ihr um. Sein Gesicht verfinsterte sich.

„Du lauschst?", fragte er. Sein Blick war unerwartet kühl.

„Du doch auch", gab Mila wütend zurück.

Da wandte Michel ihr den Rücken zu und betrat das Büro. Die Tür schloss er betont kräftig.

Mila biss sich auf die Lippe. Warum stand *sie* jetzt als die Böse da? Sie hatte doch gar nichts getan!

Während Mila langsam zu ihrem Zimmer ging, grübelte sie vor sich hin. Hatte Herr Gründgen wirklich Geldsorgen? Und was bedeutete das? Michel aß schon seit Tagen nicht mehr mit in der Mensa. Ob das für die Gründgens extra kostete? Ob Michel wohl für den normalen Unterricht bezahlen musste?

Zum Glück saß Nele auf ihrem Bett.

„Nele, weißt du, ob externe Schüler für den Unterricht hier bezahlen?", wollte Mila angespannt wissen.

Nele sah verwundert auf. Dann widmete sie sich wieder ihrer Nagelfeile und murmelte: „Schulunterricht ist umsonst. Aber Reitstunden kosten. Zahlst du etwa nicht?"

Mila wurde rot. Sie hatte keine Ahnung. Ein Stipendium wie Nele hatte sie nicht, also bezahlten ihre Eltern vermutlich die Reitstunden und auch für Adesso und Renate und die Mensa – meine Güte! Mila wurde bewusst, wie teuer das alles sein musste. „Weißt du, ob die Lehrer für Wohnungen und Essen bezahlen müssten? Und die Gründgens auch?", fügte sie leise hinzu.

Nele hob eine Augenbraue. „Na, davon gehe ich doch mal ganz stark aus. Warum sollten die umsonst wohnen? Sie erhalten für ihre Arbeit einen ganz normalen Lohn, also müssen sie auch Miete zahlen. Wie jeder andere auch."

Mila seufzte. Da war wieder dieser zickige Unterton. Neles Eltern waren früher wohlhabend gewesen, dann jedoch pleitegegangen. Das nagte immer noch an Nele und man konnte wirklich sehr schlecht mit ihr über Geld reden.

Für heute reichte es Mila und sie griff nach ihrem neuen Krimi. Endlich mal an etwas anderes denken als an Pferde, Freunde und Prüfungen!

Süßes und Saures

Die nächsten Tage vergingen mit sehr viel Training. Luke und Tamara hatten Übungspläne aufgestellt, die sogar an den Wochenenden doppelte Einheiten vorschlugen. Diese waren zwar nicht verpflichtend, aber selbstverständlich wollte jeder Schüler zeigen, dass er sich anstrengte. Eines Abends ließ sich Mila erschöpft auf das Sofa im Gemeinschaftsraum fallen.

„Mir tun alle Knochen weh“, seufzte sie.

Franzi plumpste neben sie. „Ach, morgen haben wir Yoga, das hilft bestimmt“, meinte sie. Sie legte ihre langen Beine, die mal wieder in engen schwarzen Jeans steckten, auf den Couchtisch.

„Füße runter, Blacky!“, rief Jakob und stellte einen Haufen Bücher auf den Tisch.

Mila zog erstaunt die Augenbrauen in die Höhe. „Warum schleppst du denn deine Schulbücher an?“

„Bald kommt die Klausurenwelle“, sagte Jakob schulterzuckend. „Irgendwann muss man ja mal anfangen.“

Nele stimmte ihm zu: „Wer gute Noten haben will, sollte früh beginnen.“

Mila sah sie zweifelnd an. „Bis dahin sind es noch zwei Wochen."

Da entdeckte sie, dass auch Mark und Nele Bücher dabeihatten. Sie sprang auf. „Stopp!", schrie sie entsetzt. „Okay, okay. Ich sehe ja ein, dass wir neben dem superanstrengenden Training auch noch den Kopf füllen müssen. Aber nicht heute, ja? Bitte, lasst uns heute noch einmal einen DVD-Abend ohne Bücher machen." Sie schlug die Hände zusammen und flehte: „Bitte, bitte, bitte!"

Jakob lachte. „Ist ja schon gut! Also los, suchen wir einen Film aus. Aber nicht schon wieder *Nordsturm*. Und wer holt das Popcorn?"

„Ich!", riefen Charly und Mila gleichzeitig und machten sich auf die Socken.

Sie waren kaum auf dem Flur, da vernahmen sie laute Schreie aus der Küche. Sofort rannten sie los. Mila öffnete die Tür – und vor ihr bot sich ein seltsames Schauspiel: Isa stand mit hochrotem Kopf vor einem großen Topf auf dem Herd, aus dem knallend Popcornkörner hervorschossen. Sie hatte den Kopf eingezogen, um nicht getroffen zu werden, und versuchte gleichzeitig, mit den Händen die aufpoppenden Bällchen zu fangen.

Mila und Charly sahen ihrem irren Gehüpfe perplex zu. Und als dann Frau Käthe sie auch noch von hinten zur Seite schob und ein empörtes „Herrschaftszeiten!" donnerte, konnten sie nicht mehr. Sie lachten und lachten, bis ihnen die Tränen die Wangen hinunterliefen. Vor ihnen sah Isa mit ängstlichem Blick zur herbeirauschenden Frau Käthe, die beherzt den Deckel auf den Topf setzte, den Topf vom Herd zog und ihn ausschaltete. Kopfschüttelnd sah sie erst Isa an, dann die vielen klebrigen Popcornbällchen und die verschmierte Küche. „Ja, hast du den Zucker schon vorher reingetan?“, fragte sie entsetzt.

Isa nickte. „Muss doch süß sein“, wisperte sie mit gesenktem Kopf.

Mila und Charly quietschten wieder los. Frau Käthe wedelte sie mit den Händen aus der Küche. „Raus hier. Raus, alle drei! Oh, ihr macht meine letzten Locken grau! Ihr chaotischen Mädels. Raus!“

Die Mädchen stolperten aus der Küche und japsten nach Luft. Mila konnte immer noch nicht aufhören zu lachen. Endlich stimmte auch Isa mit ein und ließ ihr ansteckendes Gekicher hören. Auf dem Weg zum Fernsehraum genügte ein gewispertes „Herrschaftszeiten“, um erneut einen Lachflash zu verursachen. Während des ganzen Films glucksten sie immer wieder und bemühten sich nur um freundliche Ernsthaftigkeit, als Frau Käthe schließlich eine große Schüssel Popcorn brachte und sie streng ansah.

„Vielen Dank, Frau Käthe“, sagte Isa. „Und Entschuldigung noch mal.“

Frau Käthe lächelte beschwichtigt. Und bemerkte zum Glück beim Hinausgehen nicht mehr, wie Mila „Muss doch süß sein!“ flüsterte und die anderen sich vor unterdrücktem Lachen die Tränen aus den Augen wischen mussten.

Tags drauf begann der Unterricht tatsächlich mit einer Yoga-Stunde. Da sie zur Schulzeit stattfand, mussten alle Schüler daran teilnehmen, auch die Externen. Mila war gespannt. Eine junge Aushilfslehrerin stellte sich vor und zeigte ihnen gleich eine Übungsreihe, die „Sonnengruß“ hieß. Mila bemühte sich, ihre grazilen Bewegungen nachzuahmen, scheiterte jedoch meist kläglich. Den anderen erging es offensichtlich nicht besser, denn die Übungen wurden bald von einmütigem Seufzen und Stöhnen begleitet.

„Das soll helfen?“, keuchte Mila, als sie versuchte, in Liegestütz-Position ihr linkes Bein wieder nach vorne zu wuchten.

Sie blickte zu Michel, doch der reagierte nicht. Mila hatte seit dem unschönen Vorfall noch nicht wieder mit ihm gesprochen. Klar, sie sagten „Hallo“ und „Tschüss“ zueinander, aber sie hatten kein weiteres Wort gewechselt. Er war ja schon immer eher ein stiller Typ gewesen, aber seit dem Zoff im Stall sprach er kaum noch mit jemandem. Auch nicht mit Mila. Dabei mochte sie Michel so gern – er hatte sie in den ersten Wochen oft begleitet und war stets in ihrer Nähe geblieben. In der kurzen Zeit war Michel ein richtig guter Freund geworden und Mila fehlte seine ruhige, nachdenkliche Art. Sie nahm sich vor, nach der Schule mit ihm zu reden.

Leider ging der Vormittag nicht weniger anstrengend weiter: In der zweiten Stunde musste Mila erneut aufstöhnen, denn Tante Caro überraschte alle mit einem Probetest. „Der Test dauert zwei Stunden“, verkündete Milas Tante, während sie die Blätter austeilte. „Ich habe mich mit den anderen Lehrern abgesprochen: Aus jedem Fach findet ihr drei Fragen. Der Test wird auch benotet, damit ihr euch einschätzen könnt, aber die Noten fließen nicht in die Zeugnisnoten ein. Und wir gehen ihn im Unterricht hinterher in Ruhe durch. Es geht vor allem darum, dass ihr selbst merkt, wo eure Lücken sind und wo ihr noch Lernbedarf habt.“

Mila begann mit einem mulmigen Gefühl und vermutlich erging es den anderen ebenso. Alle kritzelten zunächst eifrig los, bald jedoch starrten viele nur noch angestrengt auf die Fragen. Mila sah sich verzweifelt um. Nur Nele und die Zwillinge schrieben noch. Und natürlich Michel. Die anderen Schüler – auch die Inselkinder – schienen aufgegeben zu haben.

Nach eineinhalb Stunden durften die externen Schüler in die Pause gehen, nur die Internatsschüler mussten noch die Reitfragen beantworten. Mila beneidete die anderen – und sie sah Michel betrübt hinterher. Jetzt konnte sie wieder nicht mit ihm reden.

Als Mila eine halbe Stunde später den Test abgab, hatte sie zwar alle Aufgaben bearbeitet, aber sie ahnte, dass garantiert nicht alles richtig war.

„Also meine Lernlücken kenne ich jetzt sehr genau“, ächzte Franzi, als sie in die Pause gingen.

„Lücken?“, meinte Mila. „Bei mir sind es tiefe Schluchten! Bei den Reitfragen wusste ich zum Teil nicht mal, worum es überhaupt ging!“

Jan stieß zu der Mädchengruppe und sah Mila aufmunternd an. „Ach was, das hast du sicher schnell drin, wenn du erst einmal anfängst."

Mila lächelte dankbar. Jan war einer der externen Schüler des Internats. Er nahm nur am normalen Schulunterricht teil und nicht an den theoretischen und praktischen Reitstunden. Mila fand ihn nicht nur nett, sondern auch verflixt süß. Heute trug er einen weißen Wollpulli, der super zu seinem blonden Haarschopf aussah. Jetzt blitzten seine braunen Augen sie charmant an. In Milas Magen kribbelte es.

„Bei den Reitfragen kenn ich ja euren Stand nicht", scherzte Jan, „aber in Englisch kann ich dir sicher helfen."

Mila lachte. „Warte nur, ich werde darauf zurückkommen und du wirst noch verzweifeln an mir."

Jan zwinkerte. „Das glaube ich kaum, my dear!"

Freunde sind füreinander da

Nun waren also nicht nur die Nachmittage mit dem Reitunterricht anstrengend, sondern auch die freien Zeiten, weil sie zum Lernen gebraucht wurden. Mila nutzte jede freie Minute, um sich zu Adesso und Renate auf die Koppel zu stehlen. Das kleine Appaloosa-Pony war stets in Adessos Nähe – ohne Renate wäre Adesso gewiss nicht glücklich im Pferdeinternat geworden. Deshalb durften sie sogar zusammen in einer großen Box stehen. Jeden Tag besuchte Mila die beiden, um ein paar Streicheleinheiten zu verteilen – oder vielleicht auch, um selbst welche zu bekommen. Der vertraute Geruch von Adessos Fell tröstete und beruhigte Mila.

„Ach, Adesso“, seufzte sie. „Ich bin ja gern hier, aber manchmal wünschte ich, dass ich wieder daheim wäre.“ Sie lehnte sich gegen ihn und spürte, wie seine Wärme ihr wohltuend in die schmerzenden Schultern kroch. Plötzlich hörte sie etwas hinter sich. Es war Tini, die Mila sorgenvoll anschaute.

„Du gehst doch nicht wieder weg?“, flüsterte sie fragend.

Lächelnd nahm Mila ihre Cousine Tini in den Arm. Eine dicke Welle Familiengefühl schwappte durch ihren Bauch und sie schüttelte heftig den Kopf. „Auf keinen Fall, Tini. Ich bin doch total gern hier. Und außerdem könnte ich nie auf unsere schönen Teestunden verzichten!"

Tinis Gesicht hellte sich auf. „Ich hab da auch was", sagte sie und zeigte Mila, was sie mitgebracht hatte. Im Gras stand ein kleiner Korb mit zwei Tassen und einer Thermoskanne darin. „Picknick!", rief Tini strahlend.

Rasch machten sie es sich zwischen den Blumen am Wegesrand gemütlich und knabberten Frau Käthes himmlische Schokokekse zum Tee.

„Nachher verkleide ich Renate als Kirsche!", verkündete Tini.

Mila prustete los. Sie kannte Tinis Vorliebe fürs Pferdetheater – sie verwandelte die kleine Renate ständig in Einhörner, Drachen oder Seepferdchen. Aber in eine Kirsche?

„Ich frage mich, wie, und ich frage mich, warum", meinte Mila. „Oder sollte ich lieber erst gar nicht nachfragen?"

Tini blickte sie erstaunt an. „Aber bald ist doch das Kirschblütenfest. Dafür muss ich üben! Machst du denn gar nichts?"

Ach, das Kirschblütenfest! Das hatte Mila ganz vergessen. Charly hatte ihr erzählt, dass es nach der praktischen Reitprüfung ein Fest geben würde, um die Schüler für ihre Anstrengungen zu belohnen. Passend zur Jahreszeit wurde es als Kirschblütenfest zelebriert.

Milas Stimmung hellte sich sofort auf. Das war mal was anderes als immer nur üben und lernen – da konnten sie Dekorationen basteln, Überraschungen ausdenken …

„Wir beide müssen unbedingt etwas zusammen machen“, schlug Mila vor. „Hast du eine Idee?“

Die hatte Tini natürlich: „Ich reite als Kirschprinzessin auf Renate und verteile königliche Geschenke – du könntest mit mir die Geschenke basteln!“

Eifrig überlegte Mila mit ihrer Cousine, was sich gut dafür eignen würde, und sie entschieden sich schließlich für Kekse in Hufeisenform mit einer angehängten Kirsche. „So was gab es sicher noch nie“, freute sich Tini.

Mila streichelte ihr zart übers Haar. „Gut, dass ich dich hab, kleine Tini“, murmelte sie und fühlte sich plötzlich wieder sehr behaglich auf *Inselglück*.

Nachdem Tini gegangen war, lief Mila in den Stall. Sie wollte etwas aus dem Spind holen. Da entdeckte sie Michel. Er trat aus Fairys Box, drehte sich dann aber noch mal zu Neles Pferd um und betrachtete es gedankenversunken. Fairy stand öfter in der Box, um Ruhe zu haben. Mila wunderte sich: Was machte Michel dort? Mischte er sich schon wieder irgendwo ein? Oder wollte er Nele ärgern? Mila schüttelte sich, um diese Gedanken zu verscheuchen. Ach was. Michel liebte Pferde. Er mochte sich über Nele geärgert haben, würde das aber niemals an ihrer Stute auslassen. Mila räusperte sich und ging zu ihm hinüber.

Michel sah auf. „Ach, Mila", sagte er und lächelte. „Wir sollten uns mal wieder normal benehmen, oder?"

Mila wurde rot. „Äh, ich glaube, ja. Ich weiß gar nicht genau, warum wir nicht mehr miteinander rumhängen. Du?"

Michel grinste. „Keine Ahnung."

„Sollen wir Eis essen gehen?", fragte Mila. Sie wusste, dass Michel für sein Leben gern Eis aß.

Aber Michel schüttelte den Kopf. „Mein Taschengeld ist schon aufgebraucht. Lass uns doch lieber den Großen beim Training zuschauen."

Sie liefen hinaus und stellten sich hinter den Zaun. Auf dem Reitplatz übten die „Großen", das waren die Schüler der älteren Jahrgänge. Inzwischen konnte Mila ganz gut erkennen, welche kaum sichtbaren Hilfen sie den Pferden gaben und wo ihre Schwächen und Stärken lagen. Sie bewunderte, wie gelassen und mühelos die Älteren bei den Sprüngen aussahen. Manche von ihnen trainierten jedoch genauso verbissen wie Nele.

„Das sieht nur noch nach Drill und nicht mehr nach Spaß aus", murmelte sie nachdenklich.

„Fühlt es sich denn an, als ob du Adesso beim Springen drillst?", fragte Michel.

Mila zuckte mit den Schultern. „Nein, aber ich bin ja auch noch nicht lange dabei."

Ihr Reitlehrer Luke hatte sie am Rand entdeckt und

trat nun zu ihnen. „Sieht ganz schön anstrengend aus, oder?“, meinte er.

Mila fühlte sich ertappt. „Ja, ich meine, dieser Umgang mit den Pferden ist doch sicher okay … oder?“

Luke betrachtete die Reiterin, die gerade zum Sprung über den Oxer ansetzte. Ihr Gesicht war konzentriert und ernst. „Manchmal denke ich, es kann kein Springreiten auf gleichberechtigter Ebene geben. Ein Pferd ist als Freund immer unterlegen.“ Er lächelte Mila fast entschuldigend an. „Wenn Adesso manchmal seine kleinen Fluchten und Frechheiten braucht, lass ihn nur. Ihr beide habt eine ganz besondere Freundschaft, die hält das aus.“ Er nickte ihnen noch kurz zu und ging dann zurück zu seinen Schülern.

Mila sagte: „Er ist schon ein guter Lehrer, was denkst du?“

„Ist es wichtig, was ich denke?“, fragte Michel und Mila wusste nicht, ob das ein Scherz oder eine ernst gemeinte Frage sein sollte.

„Natürlich“, erwiderte sie.

„Ja, er ist super. Er hat mal zu mir gesagt, dass Springreiten, Dressur und alle anderen Sportarten immer der Wille des Menschen sind, nicht der des Pferdes. Aber er achtet sehr auf die Pferde, Mila. Er würde niemals Barren einsetzen, damit sie höher springen.“

Mila nickte erleichtert. Sie fand es grausam, den Barren eines Hindernisses im letzten Moment anzuheben, damit das Pferd mit den Hufen daran schlug und beim nächsten Mal höher sprang. Wie gut, dass das hier ausgeschlossen war. Beruhigt drehte sie sich zu Michel. „So, jetzt muss ich Mathe lernen. Du willst mir nicht zufällig die Gleichungen noch mal erklären?“

Michel lachte. „Kein Problem, aber ich will ein Eis zur Belohnung!“

Da konnte Mila natürlich nicht Nein sagen.

Tatsächlich half Michel Mila jeden Tag. Mila staunte, wie leicht ihm der Stoff fiel. Er konnte sich alles sehr schnell merken und Mila die Dinge einfach und rasch erklären. In dem Übungstest hatte er eine Zwei plus geschafft, wobei er damals noch gar nicht angefangen hatte zu lernen! Milas Testnote war erheblich schlechter: Sie bekam eine Vier minus.

Mit so einer fiesen Note im Nacken fiel ihr das Lernen noch schwerer als sonst.

Dafür hatte sie in den Reitstunden Grund zum Jubeln. Gemeinsam mit Adesso machte sie riesige Fortschritte. Adesso setzte all ihre Hilfen und Wünsche gleich um und verstand sofort, wenn sie etwas Neues versuchen wollte. Sogar Tamara, die nur selten Lob verteilte, bezeichnete sie als „gutes Team“. Und dabei machte das Ganze Mila auch noch einen Heidenspaß! Glückselig trabte Mila an den Rand, um den Parcours für Charly freizugeben.

„Meine Güte, ist das super gelaufen“, japste Mila freudestrahlend. „Ich liebe Springen. Dass ich damit nicht früher angefangen habe. Es ist wie Fliegen!“

Da bemerkte sie Jan. Normalerweise war er bei den

Reitstunden nicht dabei, aber heute stand er als Zuschauer am Zaun. Verlegen strich Mila sich die Haare aus der Stirn. Jan sah umwerfend aus. Sie dagegen hatte ihre älteste Reithose an und war sicher komplett verschwitzt und zerzaust … Aber Jans Lächeln war warm und gar nicht abwertend, sodass Mila sich entspannte. Jan schwang sich über den Zaun und strich Adesso sanft übers Fell. Adesso schien es zu genießen und stupste Jans Schulter an. Mila lächelte.

Doch da meinte Jan plötzlich: „Dir macht das Spaß. Aber wer weiß, ob Adesso das genauso sieht. Du fliegst und er hat die Arbeit. Vielleicht findet er das nicht so lustig."

Mila fiel das Lächeln aus dem Gesicht. Einen Moment lang konnte sie kaum glauben, was Jan da sagte. Dann wurde sie wütend. Sie öffnete den Mund, um Jan anzufauchen, aber dann richtete Michel sich auf und verkündete laut: „Mila weiß schon, was sie tut. Und niemand hat einen besseren Kontakt zu seinem Pferd als sie." Er starrte Jan kühl an. Jan erwiderte den Blick kurz, dann drehte er sich weg.

Mila führte Adesso vom Reitplatz. Ihre Wut war verflogen. Stattdessen war sie verwirrt – warum war Jan plötzlich so unfreundlich? Und Michel hatte sie in Schutz genommen – obwohl sie ihn neulich so blöd hatte dastehen lassen. Und was war mit Adesso? Er hatte doch Spaß, oder? Seufzend lehnte Mila sich vor und strich ihm über den Hals. „Ach, Adesso, wenn du doch mit mir reden könntest."

Eine Weile sah Mila den anderen noch zu. Aber irgendwie steckte der Wurm in diesem Tag. Als Charly an ihr vorbeiritt, rief Mila ihr zu: „Hey, Charly, wie perfekt du dasitzt! Richtig königlich, wink mal wie Kate!" Doch statt zu winken und mit Mila zu lachen, fiel Charly in eine bucklige Haltung, warf ihr einen genervten Blick zu und ignorierte sie anschließend.

Als Nächstes war Nele an der Reihe. Offensichtlich war auch für sie kein guter Tag. Denn nachdem Fairy eine Zeit lang enorme Fortschritte gemacht und viel aufgeholt hatte, lief es in den letzten Reitstunden eher schlecht, das hatte auch Mila deutlich erkennen können. Nele reagierte ungeduldig und zog, schob und dirigierte Fairy, die aber immer langsamer wurde und schließlich einfach stehen blieb.

„Das kann doch nicht wahr sein!", schimpfte Nele. Ohne auf Lukes Rufe zu hören, verließ sie den Reitplatz und brachte Fairy zurück zum Stall.

Mila folgte ihr. Vielleicht konnte sie Nele trösten. Doch als sie Adesso in die Box gestellt hatte und zu Nele hinüberging, stand Luke bereits bei ihr. Mila hörte, wie er sie tadelte: „Nele, du bist zu hart im Umgang. Hab Geduld. Fairy braucht Zeit und was sie auf keinen Fall braucht, ist eine ungeduldige Reiterin, die ihr Angst und Stress macht."

Mila schaute Nele an. Bockig sah sie auf den Fußboden und rührte sich nicht, bis Luke den Stall verlassen hatte. Dann sank sie zu Boden, lehnte sich an die Boxentür und weinte.

Mila erschrak. Nele weinte fast nie. Rasch lief sie zu

ihr, setzte sich neben sie und legte ihr den Arm um die Schultern. Nele schüttelte ihn ab. Aber Mila blieb einfach neben ihr sitzen.

„Geh“, schluchzte Nele. „Geh! Halt dich fern von mir! Nun habe ich endlich mein geliebtes Pferd zurück und dann behandele ich es so – ich weiß nicht, was in mich gefahren ist. Ich bin furchtbar!“

Ganz vorsichtig legte Mila ihre Hand auf Neles Arm und streichelte ihn. „Es ist alles zu viel. Das Training, der Zeitdruck, die Prüfungen. Vielleicht solltest du mal etwas für dich tun. Etwas Schönes – für dich und Fairy. Zum Spaß ausreiten, vielleicht an den Strand. Ich könnte mitkommen.“

Doch Nele reagierte gar nicht. Nach einer Weile hörte sie auf zu schluchzen und stand auf. „Danke“, sagte sie knapp und begann, Fairy zu versorgen.

Mila seufzte und ging zurück zu Adesso. Kurz darauf hörte sie Michels Stimme. „Hey, Nele.“ Es blieb still, Nele antwortete nicht. „Nele, ich muss dir was sagen“, fuhr Michel fort. „Ich hab das Gefühl, mit Fairy stimmt etwas nicht. Lass uns zusammen –“

„Sei still!“, schrie Nele. „Seid alle still! Lasst mich in Ruhe!“ Die Boxentür schlug auf und Mila sah Nele aus dem Stall rennen.

Mila beugte sich aus der Box. „Hey, Michel, mach dir nichts draus“, tröstete sie ihn. „Nele hatte einen sehr schlechten Tag.“

Michel lächelte halbherzig und schloss Fairys Box ordentlich. „Den hatte Fairy auch.“

Zum Glück war wenigstens Charly beim Abendessen wieder normal. Sie lud Mila in ihr Zimmer ein und Isa holte einen Karton voller Süßigkeiten unter ihrem Bett hervor.

„Fressorgie", stöhnte sie.

„Du hast doch grad erst zu Abend gegessen!", rief Mila kichernd. Dann griff sie allerdings ebenfalls in den Karton und biss herzhaft in einen dicken Nuss-Schokoriegel. „Oh, das war dringend nötig", murmelte sie glücklich.

Charly steckte sich gleich zwei Pralinen in den Mund. „Auscherdem isch dasch Nervennahrung", nuschelte sie. „Mit vielen Vitaminen."

„Vitamine?" Franzi kam herein und sah sich misstrauisch um. Dann entdeckte sie die Schokolade. „Ach so, *diese* Vitamine!"

Genüsslich schmatzend lümmelten sie auf Isas und Charlys Betten und stöhnten ausgiebig über das viele Lernen. „Sollten wir Nele nicht holen?", fragte Charly plötzlich.

„Lieber nicht", meinte Mila. „Die hatte einen furchtbaren Tag. Ich geh nachher ja wieder zu ihr in unser Zimmer. Da tröste ich sie."

Die anderen nickten.

„Jetzt reicht es aber", schrie Charly plötzlich. „Immer diese miese Stimmung. Kissenschlacht!" Und schon bekam Mila das Kissen auf den Kopf. Im Nu war die schönste Schlacht im Gange. Isas rosige Pferdekissen und Plüschtiere flogen abwechselnd mit Charlys bestickten Seidenkissen um die Wette. Sie kloppten und lachten so lange, bis Tante Caro in der Tür stand.

„Was ist denn hier los?", fragte sie streng. Doch als Mila sie fröhlich angrinste, meinte sie: „Ich sehe, ihr entspannt euch. Lasst euch nicht stören."

Sie schloss die Tür.

Mila grinste. Ihre Tante war wirklich toll. Aber sie selbst war ausgepowert. Gemeinsam mit Charly versuchte sie noch eine Weile, die Schokoflecken aus den Betten zu entfernen, dann fiel jede todmüde in ihr eigenes Bett.

Schokokater und Schmetterlinge

Am nächsten Morgen hatte Mila Kopfweh.

„Zu viel Schokolade?", fragte Charly mitfühlend auf dem Weg zum Unterricht.

Mila zuckte mit den Schultern – und stöhnte gleich wieder auf. „Eher totale Verkrampfung", meinte sie. „Erst in den Schultern und jetzt auch noch im Kopf."

Charly lachte. „Achtung, sie hat einen Schokoladenkater", flüsterte sie, als Jan sich ihnen näherte.

„Ah, ich weiß, was da hilft", sagte er und drehte gleich wieder ab.

Charly sah ihm belustigt nach. „Also, man könnte ja meinen, dass er sich reichlich intensiv um dich bemüht."

Mila sah ihr rasch in die Augen. „Wie meinst du das?"

Charly grinste. „Na, irgendwie schaut ihr euch schon immer sehr interessiert an, nicht wahr, my dear?"

Mila stieß ihr den Ellbogen in die Rippen. „Ach, hör auf." Sie rieb sich den Kopf. „Na klar, ist er nett. Aber das sind die anderen auch. Jan ist nur etwas … einfühlsamer. Hast du gesehen, wie er gestern Adesso gestreichelt hat?" Mila erinnerte sich an den Moment und träumte eine Weile, bis Charly sie kichernd anstupste.

„Erde an Mila!"

Mila schüttelte den Kopf und zuckte sofort zusammen, weil die Schmerzen sich dadurch verschlimmerten. „Ich wollte nur sagen, dass er den Pferden immer so nah ist, irgendwie ..." Sie verstummte, als Jan wieder zu ihnen stieß.

„Hier, trink das", entgegnete er und reichte ihr einen dampfenden Becher. „Hab ich Frau Käthe abgeluchst."

Mila schnupperte. Ah, das war der gute marokkanische Pfefferminztee, den Frau Käthe immer trank. Eigentlich durfte niemand daran, aber anscheinend ließ auch sie sich gerne mal von Jans Charme einwickeln.

„Danke!", flüsterte Mila. Damit hatte sie überhaupt nicht gerechnet. Wie lieb von Jan!

Charly grinste so sehr, dass Mila fast erwartete, dass ihr gleich die Ohren abfielen. „Ich muss noch schnell was kopieren", plapperte sie und bog dabei schon nach links ab. „Geht ihr schon vor. Ach ja, und Jan – Mila braucht dringend Hilfe in Englisch, falls du mal Zeit hast ..."

Weg war sie. Mila rollte die Augen. Auffälliger ging es ja nicht! „So viel Hilfe brauch ich gar nicht", brummte sie und schlürfte vorsichtig an dem heißen Tee.

„Sicher?“, fragte Jan. „Shakespeares *Romeo und Julia* liegt dir inzwischen also besser?“

Mila verzog das Gesicht. „Na ja, vielleicht wäre ein bisschen Hilfe doch nicht übel …“

Jan lachte auf. „Na, dann komm ich heute Abend mal vorbei, oder?“

Mila nickte. „Hm, das tut wirklich gut“, sagte sie und erschrak sogleich. „Ich meine den Tee. Nicht dein Vorbeikommen. Also schon, aber …“ Sie brach verlegen ab.

„Schon klar“, erwiderte Jan. Aber sein Grinsen sprach Bände.

Der Tee tat Mila wirklich gut, aber leider half er nicht gegen die Kopfschmerzen. Während der morgendlichen Yoga-Stunde wurden sie sogar noch schlimmer. Verärgert ließ sich Mila auf den Rücken fallen.

„Hund, Kobra, was weiß ich“, schimpfte sie. „Zu allem anderen auch noch Yoga, ich kann echt nicht mehr.“

„Yoga soll dich entspannen und entkrampfen“, meinte Isa, der die intensiven Übungen offensichtlich sehr leicht fielen. In ihren rosa Leggins mit den weißen Stulpen sah sie dabei außerdem noch richtig hübsch aus.

„Für so begabte Leute wie dich gilt das vermutlich wirklich“, meckerte Mila weiter. „Mich stresst das nur.“

„Du musst dich fallen lassen“, meinte Jan. „Du bist zu verkrampft.“

Mila starrte ihn an. War das jetzt sein Ernst? Eben war er so nett gewesen und jetzt wieder ein blöder Spruch?

„Verkrampft?", wiederholte sie und merkte, wie die Wut in ihrem Bauch brodelte. „Ja, vermutlich bin ich verkrampft. Mein Hirn und mein Körper haben grad sehr viel Stress. Und durch Yoga und Pfefferminztee wird der wohl kaum verschwinden." Mila war jetzt so in Fahrt, dass sie den Rest fast schrie: „Aber vielleicht kann ich ihn verringern, indem ich mir keine blöden Tipps mehr geben lasse!"

Wütend stampfte sie aus dem Raum. Neben der Tür ließ sie sich auf den Boden plumpsen. Und schämte sich. Selbst wenn sie furchtbar wütend war, dauerte es meist nur kurz, bis sie sich wieder beruhigte – und dann stand sie vor dem Scherbenhaufen, den sie angerichtet hatte. Mila stöhnte. Hatte sie gerade wirklich Jan angeschnauzt? Der ihr doch vorher noch so freundlich seine Hilfe angeboten hatte?

Die Tür ging auf und Charly kam heraus. „Alles okay?", fragte sie besorgt.

Mila nickte. „Guckt Jan wie ein wütender Stier?"

Charly schüttelte den Kopf. „Eher wie ein begossener Pudel."

Da öffnete sich die Tür erneut und Jan schob sich hindurch. Er lächelte vorsichtig. „Sorry", sagte er. „Das war 'ne blöde Bemerkung. Manchmal rede ich, bevor ich drüber nachdenke. Dafür bin ich wenigstens immer ehrlich ..."

Mila sah ihn kleinlaut an. „Ich glaube, ich bin diejenige, die sich entschuldigen muss. Tut mir leid." Sie holte tief Luft. „Magst du trotzdem heute Abend noch kommen?"

Jan nickte versöhnlich.

Mila seufzte erleichtert.

Und Charly grinste vor sich hin.

Pünktlich um halb sieben holte Jan sie vor der Mensatür ab.

„Wo lernen wir?", fragte er.

„In der Aula", brummelte Mila schlecht gelaunt. Ihre Kopfschmerzen waren zum Glück abgeklungen. Und sie freute sich auch, Jan zu sehen, aber viel lieber hätte sie sich auf ihrem Bett einen ruhigen Abend gegönnt. Jan schien zu erraten, was sie dachte.

„Na komm schon, Julia", flötete er und griff nach ihrer Hand, die er sich theatralisch an die Brust drückte. „Willst du Romeo nicht ein Lächeln schenken?"

Milas Knie wurden weich. Vor Glück oder weil es so peinlich war? Sie entzog Jan ihre Hand und sagte kühl: „Mal sehen, werter Herr, ob Ihre Dienste tauglich sind. Wenn nicht …" Sie drehte sich zur Seite und lief mit tänzelnden Schritten davon.

Das Rumgealbere half Mila, sich auf das Lernen einzulassen. Bald übte sie mit Jan die Vokabeln, dann die Übersetzungen und schließlich erörterten und deuteten sie den Text noch einmal.

„Great!", lobte Jan.

Inzwischen hatte auch Franzi sich ihnen angeschlossen und massierte Mila die verspannten Schultern.

„Ah, das tut gut“, stöhnte Mila. „Ich glaube, für heute reicht es wirklich. Ich will nicht die ganze Nacht durchlernen.“

Jan sprang auf und kletterte auf die kleine Bühne. Sehr gekonnt beugte er sich vor und hielt eine Hand vor die Augen.

„What light through yonder window breaks? It is the east, and Juliet is the sun!“

Lachend übersetzte Mila den altmodischen Satz – einer der wenigen, den sie im Original geübt hatten: *„Doch still, was schimmert durch das Fenster dort? Es ist der Ost, und Julia die Sonne!“*

Franzi und Jan klatschten.

„Ich danke dir, Jan“, sagte Mila. „Ich habe echt viel gelernt! Mit dir macht das viel mehr Spaß als sonst. Und diesen Satz vergesse ich jetzt mein Leben lang nicht mehr!“

Das liebevolle Lächeln, mit dem Jan ihr antwortete, weckte kleine Schmetterlinge in Milas Bauch. Aus dem Augenwinkel nahm sie plötzlich eine Bewegung wahr. Jemand hatte an der Tür gestanden und entfernte sich nun lautlos. War das Michel gewesen? Warum kam er nicht herein? Immer musste er sich in letzter Zeit so absondern! Noch bevor Mila weiter darüber nachdenken konnte, öffnete sich die Tür wieder und Frau Käthe kam herein. Vor ihrem Kugelbauch trug sie eine große Platte mit Kuchen und Obst.

Begeistert sprang Franzi ihr entgegen. „Ach, Frau Käthe, Sie sind die Beste!“

Jan, der immer noch auf der Bühne stand, verneigte

sich und rief: „Was schimmert dort? Es ist das Obst, und Frau Käthe die Sonne!“

Franzi kicherte.

Frau Käthe zog eine Augenbraue in die Höhe, stemmte ihre rechte Hand in die Hüfte und strich sich mit der anderen das Haar aus dem Gesicht. Sie sah Jan lange an und sagte dann: *„Good night, good night! Parting is such sweet sorrow, that I shall say good night till it be morrow.“*

Unter Franzis und Milas lautem Jubel stolzierte Frau Käthe hinaus. Jan war leicht rot geworden.

„Was ist? Was hat sie gesagt?“, fragte Mila lachend.

Jan räusperte sich und übersetzte grinsend: *„Nun gute Nacht! So süß ist Trennungswehe …“*

Er wurde durch Milas und Franzis Kicheranfall unterbrochen, der so lange anhielt, dass Jan irgendwann schmunzelnd mit den Augen rollte, winkte und verschwand.

Erst die Prüfungen ...

Den letzten Tag vor den schriftlichen Prüfungen verbrachte jeder auf seine Weise.

Mila hatte eigentlich noch einmal alles mit Michel durchgehen wollen, aber der war einfach nicht aufzufinden. Da Sonntag war, gab es auch keinen Unterricht, in dem sie ihn hätte antreffen können. Nach dem Mittagessen floh Mila aus ihrem Zimmer, weil Nele ununterbrochen lernte und dabei so konzentriert aussah, wie es Mila wohl niemals sein würde. Charly war ausgeritten und so ging Mila zu Adesso und Renate in den Stall.

„Eigentlich müsste ich euch bewegen“, seufzte Mila, während sie sich an Adesso schmiegte. „Aber ich muss unbedingt noch mal die Reitmappe durchlesen.“

Renate stupste ihr von hinten in die Kniekehle.

„Hey!“, lachte Mila, die einknickte und beinahe das Gleichgewicht verlor. „Ja, du bist auch gleich dran, mein Schatz“, flüsterte sie und kraulte Renate. Seufzend sog sie den vertrauten Duft des Ponyfells ein. In diesem Moment hob Renate den Schweif und ließ ein paar klobige Äpfel zu Boden purzeln.

„Pfui, du Ferkel“, rief Mila lachend. „So etwas macht man nicht beim Kuscheln!“

Als Antwort furzte Renate.

„Na, ihr habt ja lustige Gespräche“, meinte eine ruhige Stimme. Mila erkannte sie und merkte, dass der freundliche Unterton sie sofort beruhigte.

„Hallo, Michel“, sagte sie und drehte sich zu ihm um. Sie war wirklich froh, ihn zu sehen. „Lernst du gar nicht?“, wollte sie wissen und merkte im selben Moment, wie blöd die Frage war. Michel konnte ja schon alles.

Er lächelte. „Nein, ich gönn mir einen Entspannungstag.“

„Warum bist du gestern Abend nicht zu uns gekommen?“, fragte Mila. „Ich habe dich an der Aulatür gesehen.“

Michels Gesicht wurde ernst. „Ich wollte nicht stören.“

„Du störst doch nicht!“, beeilte Mila sich zu sagen.

Michel sah sie einen Moment lang nur an. Dann antwortete er: „Es schien dir so viel Spaß zu machen, mit Jan zu lernen. Mit mir gibt es da nicht viel zu lachen. Und ich wollte dir den Spaß nicht verderben.“

Mila wusste zuerst nicht, was er meinte. Doch dann fiel ihr ein, wie sehr sie Jan gedankt und gelobt hatte. Sie blickte ertappt zu Boden. „Ich meinte das doch nicht im Vergleich zu dir. Es war einfach lustig. Mathe ist eben nicht lustig.“

Michel nickte nur kurz. „Heute lerne ich jedenfalls gar nichts mehr“, erwiderte er und Mila verstand, dass das eine klare Ansage war: Sie würde heute keine Hilfe von ihm bekommen. Sie atmete tief durch. Das hatte sie wohl verdient.

Aber Michel war offenbar nicht richtig sauer, denn er bot Mila eine andere Unterstützung an: „Soll ich Adesso rausbringen, damit er toben kann? Ich kann ihn auch ein bisschen an der Longe laufen lassen."

Überrascht sah Mila auf. „Echt, würdest du das tun? Das wäre fabelhaft. Und nimmst du Renate auch mit?"

Michel lächelte. „Klar. Vielleicht hol ich mir Tini, dann kann sie sich um Renate kümmern."

Dankbar lächelte Mila ihn an. „Dann geh ich jetzt lernen. Danke, Michel. Was für ein guter Freund du bist!"

Michel lächelte zurück – auf eine Art und Weise, dass Mila ganz warm ums Herz wurde. Ein kleiner Schmetterling zuckte in ihrem Bauch – aber dann schüttelte Mila schmunzelnd den Kopf und lief zu ihren Lernbüchern.

Beim Abendessen war Mila nicht die Einzige, die stöhnte.

„Ich kann gar nicht mehr richtig denken", klagte Franzi. „Je mehr Dinge ich in meinen Kopf hineinstopfe, desto mehr fallen hinten wieder heraus."

Rasch beugte Charly sich zur Seite und durchwühlte die Haare an Franzis Hinterkopf.

„Ich sehe nichts", scherzte sie.

Mila grinste.

„Lach du nur", beschwerte Franzi sich. „Ich weiß nicht mal mehr, ob ich gerne Rührei mag oder doch lieber Spiegelei. Und wenn ich nicht vernünftig esse, kann ich morgen nicht gut abschneiden. Argh!" Ihr Kopf sank auf die Tischplatte.

Mila fütterte sie mit Rührei. „Hier. Ich weiß zum Glück, dass du Rührei magst!"

„Nein, füttere mich nicht", sagte Franzi. „Sonst purzeln hinten die unregelmäßigen Verben raus."

Mila zuckte zusammen. Ach herrje! Die unregelmäßigen Verben – die hatte sie doch noch üben wollen! Nervös schob sie das Rührei auf ihrem Teller zusammen und aß es hektisch auf.

„Was ist?", fragte Charly.

„Ich muss noch was lernen", antwortete Mila kurz.

„Ach komm", meinte Charly. „Das nützt auch nichts mehr. Jetzt hilft nur noch ausruhen und dem Gehirn gutes Futter und guten Schlaf geben."

Mila schlug mit der Hand auf den Tisch, dass es klirrte. „*Dir* mag das helfen. Aber *mir* hilft das garantiert nicht. Ich *hasse* Prüfungen!"

Im Speisesaal war es still.

Mila sackte in sich zusammen. Na super, nun hatte sie sich auch noch bis auf die Knochen blamiert.

Charly klopfte ihr auf die Schulter und sagte gelassen: „Ganz ruhig, Brauner."

Das brachte Mila zum Lachen. Und es dauerte nicht lange, bis ihre Freunde und schließlich der ganze Saal erleichtert mitlachten.

Nach dem Essen nahm Charly Mila mit auf ihr Zimmer. Isa wollte duschen, so hatten sie ein bisschen Ruhe und hörten einfach nur Musik.

„Hast du einen Glücksbringer?“, fragte Charly schließlich.

Mila nickte. „Die Hufeisenkette hier. Ich habe sie von meiner Mutter bekommen.“

Charly lächelte. „Hast du ein Schwein, die kannst du ja sogar mit in die Prüfung nehmen.“

„Wieso?“, wollte Mila wissen. „Ist dein Glücksbringer so groß?“

Charly schüttelte den Kopf und grinste. Sie deutete auf das Bettende. Dort blitzte etwas Rosanes unter der Bettdecke hervor. Mila zog daran – und hielt einen putzigen pinken Schlafanzug in der Hand. Die kleinen Pferdchen, die darauf abgedruckt waren, sprangen und galoppierten durch Blumen und Elfen.

„Was ist das?“, kicherte Mila.

Charly nahm den Anzug und drückte ihn an sich. „Der ist noch von meiner Herzogin-Tante. Wenn ich ihn abends vor Prüfungen oder Turnieren anziehe, bringt er mir Glück.“

„Du hast eine Tante, die Herzogin ist?“, unterbrach Mila sie erstaunt.

Charly strich sich lachend die Haare hinters Ohr. „Nein, natürlich nicht!“, rief sie so übermütig, dass Mila erschrocken zusammenzuckte. „Sie heißt nur Herzog mit Nachnamen.“

Mila rieb sich das Ohr. Manchmal hatte Charly wirklich einen seltsamen Humor! „Na, zur Prüfung würde ich den auch nicht anziehen", meinte sie und gähnte. „Aber jetzt muss ich schlafen."

Froh über ihren kleinen Glücksbringer huschte sie über den Flur. Sie skypte noch kurz mit ihren Eltern, die ihr viel Glück für die nächsten Tage wünschten, und lag kurz darauf im Bett. Zunächst glaubte sie, nicht einschlafen zu können, aber dann nahm sie das Hufeisen zwischen Daumen und Zeigefinger und schlummerte gleich darauf ein.

Am nächsten Morgen trafen sich alle vor dem Frühstück im Stall. Sie hatten sich nicht verabredet – es wollte einfach jeder noch einmal mit seinem Pferd knuddeln und etwas Mut sammeln.

Nele holte sich einen Kuss von Fairy, Isa schnitt Melodie eine kleine Strähne aus der Mähne und steckte sie in ihre Tasche und Mila beobachtete doch tatsächlich, wie Franzi jeden Huf von Black Velvet hob und mit der Hand seine Hufeisen berührte.

Lächelnd umarmte sie Adesso. „Wünsch mir Glück!", flüsterte sie. Da spürte sie eine kleine Hand an ihrem Arm. Es war Tini!

„Hier, Mila", sagte Tini strahlend. „Ich habe von Mama mal diesen Hufnagel bekommen. Er war ihr Glücksbringer, als sie noch selbst Turniere geritten ist. Ich leihe ihn dir heute aus. Aber pass gut darauf auf!"

Mila umarmte Tini gerührt. „Ja, mach ich. Danke, kleine Tini", flüsterte sie.

In den Hufnagel war ein schmales Loch gebohrt worden. Mila zog ihn über ihre Kette, sodass er neben dem Hufeisen um ihren Hals baumelte. Sie spürte das kühle Metall und lächelte. Es würde schon alles gut werden.

Dann begann die Klausurenwoche.

Montag Englisch und Deutsch, Dienstag Geschichte und Erdkunde, Mittwoch Mathe und Religion, Donnerstag die Reitprüfung und am Freitag Physik und Biologie. Mila gab alles. Sie war gereizt und müde, genau wie die anderen. Die Stimmung war angespannt. Die Reitstunden waren auf ein Minimum zusammengestrichen, damit die Schüler sich konzentrieren konnten. Warum alle Arbeiten in eine Woche gestopft wurden, verstand Mila nicht – aber das war eben so im Pferdeinternat. Eine Woche lang hatte sie zitternde Finger, ein banges Herz und schreibverkrampfte Hände.

Dann waren die Klausuren endlich vorbei. Nach der letzten Arbeit in Religion rannte Mila mit ihren Freunden auf den Rasen vorm Schulgebäude.

„Juchhu!“, schrie sie und ließ sich ins Gras fallen. Die Sonne schien und Mila kam es vor, als sei sie noch niemals in ihrem Leben so glücklich und erleichtert gewesen. „Geschafft – wir haben es hinter uns! Keine schriftlichen Arbeiten mehr vor den Sommerferien – das ist eine Ewigkeit!“

Jan plumpste neben sie. „Yes, my dear!“

Bald lagen alle kreuz und quer nebeneinander und ließen sich die warmen Sonnenstrahlen ins Gesicht scheinen.

„Euch ist klar, dass dies nach einer Party schreit, oder?“, fragte Franzi.

„Logisch“, sagte Jakob. „Heute Abend im alten Heustall – mit Externen. Ihr seid doch dabei, Jan und Michel? Kurz vor Mitternacht!“

… dann die Party!

Um kurz vor Mitternacht war es schrecklich leise und dunkel in den Gebäuden des Pferdeinternats. Mila war froh, dass sie gemeinsam mit Nele zum Heustall ging. Der Stall lag ein Stück entfernt von den anderen Gebäuden am Waldrand. Der lange Weg über die Koppel war schon sehr düster gewesen, aber am Wald war es so finster, dass Mila ein Schauer über den Rücken lief.

„Schneller, komm“, wisperte sie und beschleunigte ihre Schritte.

Nele und sie hatten gerade noch die Reste vom Abendbrot aus der Küche stibitzt. Obwohl man eigentlich nicht von Stibitzen reden konnte.

„Unglaublich, was Frau Käthe uns alles hingestellt hat“, wisperte Mila und hob die schwere Tragetasche mühsam etwas höher, damit sie nicht über den Boden schleifte.

„Ja, sie weiß immer genau, wann wir Partys machen“, grinste Nele, die an diesem Abend recht unbeschwert neben Mila herlief. Sie trug die Platte mit den übrig gebliebenen Brötchenhälften vom Abendessen – alle frisch belegt und hübsch verziert. „Frau Käthe ist ein Goldstück!"

Aus dem alten Heustall schimmerte schon Licht. Die Tür knarzte, als Mila sie öffnete.

„Leise", zischte Jakob. „Sonst werden wir noch entdeckt!"

Im alten Heustall wurde immer noch Heu gelagert. Aber außerdem standen eine Menge sehr betagter Reitutensilien herum, die schon lange nicht mehr benutzt wurden – Stangen, Cavalettis und andere Dinge. Es herrschte ein ziemliches Chaos. Mark und Jakob waren schon dabei, Heuballen in einem Kreis auszurichten. In die Mitte hatten sie eine Holzkiste mit einer Decke gelegt. Es standen Flaschen mit Cola und Saft und eine Reihe Pappbecher darauf. Nele und Mila stellten ihre Sachen dazu. Eine Aluschale mit Salzbrezeln polterte laut zu Boden.

„Pscht!", machte Mark. „Wenn die uns erwischen, gibt's Ärger!"

Die Stalltür öffnete sich und Charly und Franzi traten ein. Hinter ihnen drängten Michel und Jan sich durch die Tür. „Hey", rief Franzi. „Wie cool!"

„Nicht so laut, verflixt noch eins", meckerte Mark wieder.

Alle arbeiteten schweigend weiter. Milas Partylust verflog. Wenn die alle noch so verkrampft von den Prüfungen waren, würde es gleich Streit statt Spaß geben, das war gewiss.

Isa schlüpfte durch die Tür. „Oh wie hübsch", meinte sie begeistert. „Ich habe Luftballons mitgebracht!"

Sie hielt ihre linke Hand auf, in der bunte Luftballons lagen. In der rechten Hand hielt sie vier bereits aufgeblasene Ballons, die sie in die Luft stieß.

„Nicht!“, rief Mark und hechtete nach vorn, aber es war zu spät. Die Ballons fielen auf das stachelige Heu und drei von ihnen platzten.

PENG – PENG – PENG!, ertönte es laut.

Isa zog den Kopf zwischen die Schultern. „Sorry!“, sagte sie entschuldigend. Dann streckte sie ihre Tasche vor. „Kerzen?“

„Im Heustall? Besser nicht“, meinte Jakob – und plötzlich wich die Anspannung von Mila. Sie lachte los. Einer nach dem anderen stimmte ein. Sollen sie uns doch entdecken, dachte Mila. Wir haben so fleißig gelernt, da ist ein bisschen feiern doch wohl erlaubt!

Und es wurde sehr spaßig. Sie knabberten und kicherten und schließlich erzählte Jan spannende Gruselgeschichten von der Insel.

Plötzlich knarrte es auf der Rückseite des Stalls.

„Pst“, machte Jakob.

Alle waren mucksmäuschenstill.

Draußen rauschte der Wind – und irgendjemand stöhnte. Oder war es der Wind? Mila lief ein Schauer über den Rücken. Es knarzte wieder.

„Was ist das?“, wisperte Isa und klammerte sich ängstlich an Milas Arm.

Mila glaubte zwar nicht an Geister, aber immerhin waren sie alle hier – und sonst wusste keiner von der Party, es konnte ihnen also niemand einen Streich spielen …

RUMS! Etwas schlug von außen gegen die Stallwand.

„Ah!“ Franzi schrie auf. Nele wurde blass.

„Oh Mann, das ist wie in dieser Legende von der toten Frau“, stammelte Franzi.

Mila erinnerte sich. Es gab da diese alte Geschichte über die schwarze Reiterin ohne Pferd, eine Prinzessin, die vor Hunderten von Jahren auf mysteriöse Weise ihr Pferd verloren hatte und seitdem hier herumgeisterte.

Die Tür knarrte und öffnete sich langsam. Mila standen die Haare zu Berge. Ein Stück schwarzer Stoff wehte um den Türrahmen. Dumpfes Kettengerassel erklang.

Plötzlich sprang eine Gestalt im dunklen Gewand in den Stall und schrie: „Wo ist hier die Party?“

Mila gefror das Blut in den Adern. Um sie herum kreischten alle. Und keiner konnte hinterher behaupten, er hätte nicht geschrien – sie quiekten in den höchsten Tönen. Vermutlich wären alle tief ins Heu gesprungen, wenn die schwarze Gestalt sich nicht rasch die Kapuze vom Kopf gezogen hätte.

„Tamara!“, rief Jakob entsetzt.

Die Lehrerin grinste. Neben ihr trat jetzt Luke herein. Er hatte ebenfalls eine schwarze Kutte an und rasselte mit einer rostigen Kette. „Überraschung“, sagte er.

Mila keuchte. Ihr Herz raste immer noch. „Ihr habt ja Nerven!“, schnauzte sie. Nun begannen auch die anderen zu meckern und die beiden Lehrer mussten eine lange Schimpftirade über sich ergehen lassen, bevor sich alle endlich von dem Schrecken erholt hatten. Aber dann lud Mila sie herzlich ein mitzufeiern. Luke und Tamara steuerten Lakritze und Erdbeerbowle (natürlich ohne Alkohol!) und so manche lustige Internatsgeschichte bei.

„Die anderen Lehrer sagen, ihr habt euch toll geschlagen mit den Prüfungen“, lobte Tamara.

Luke stimmte ein: „Wir wollten euch Mut machen für die praktische Reitprüfung. Ihr seid eine tolle Klasse, es macht echt Spaß, euch zu unterrichten.“

Mila freute sich. Rechts von ihr strahlte Franzi vor Glück. Sie saß gleich neben Luke und man konnte sehen, wie sehr sie die ungewöhnliche Situation genoss.

Sie feierten noch eine lange Zeit und als sie endlich den Stall verließen und zu den Schlafräumen huschten, dämmerte draußen schon der Morgen.

„Es ist der Ost“, flüsterte Mila Jan lächelnd zu.

Jan schaute ihr in die Augen und sagte: *„Und du bist die Sonne.“* Dann eilte er zu seinem Rad und fuhr nach Hause.

Mila fiel todmüde und überglücklich ins Bett.

Irgendwie geht alles schief

In der Schule konnte Mila aufatmen. Die Lehrer ließen ihnen im Unterricht nun wirklich eine Ruhepause – es gab lockere Gruppenarbeiten und lustige Experimente. Tante Caro riet allen Schülern, die neue freie Zeit mit der Vorbereitung des Kirschblütenfestes zu füllen.

„Wir brauchen Dekorationen und Essen. Teilt euch für Aufgaben ein. Die anderen Klassen übernehmen dieses Jahr die Aufführungen und die Kinderbelustigung. Für das Essen sprecht euch am besten mit Frau Käthe ab. Ich verlasse mich auf euch!“

„Schade, wir hätten glatt *Romeo und Julia* aufführen können“, wisperte Charly und zwinkerte Mila zu.

Aber Mila hatte schon andere Pläne. Sie wollte mit Charly und den anderen Mädels riesige Rosetten aus Krepppapier basteln, die sie an die Türen und Zäune binden wollten. Dann plante sie, Lampions anzufertigen, die wie Kirschen aussahen, um sie in die Bäume zu hängen. „Und auf die Tische legen wir Gummikirschen zum Naschen. Außerdem Kirschblüten in roten Vasen“, schlug sie vor.

Die anderen waren Feuer und Flamme. „Du hast tolle Ideen, Mila“, lobte Nele. „Aber ohne mich. Ich bin keine Bastelfee, danke.“

Auch Franzi zog die Augenbrauen hoch. „Ich besorg die Kirschen und verteile sie auf den Tischen, da kann nichts schiefgehen. Beim Basteln habe ich zwei linke Hände.“

Mila sah sich suchend um. „Charly?“

Charly grinste. „Natürlich bastle ich mit dir. Und Isa auch. Das wird cool.“

„Ja“, quietschte Isa fröhlich. „Ich male euch die Nägel weiß an und wir kleben Kirschen drauf. Die gibt’s als Nagelaufkleber!“

Charly und Mila sahen sich lachend an. Das konnte ja heiter werden!

Die nächste Reitstunde war unerwartet anstrengend. Tamara betonte, dass sich nun alle gut auf die Reitprüfungen vorbereiten sollten und dass sie heute wieder mit Luke gemeinsam auf die Schwächen der Schüler achten würde.

Mila seufzte. „Ach, ich kenn meine Schwächen doch zu gut.“

Nele stieg auf ihren Schimmel und sah spöttisch auf Mila hinab. „Die kennen wir doch alle, Süße“, sagte sie.

Mila streckte ihr die Zunge raus. Nele war zwar meistens nett zu ihr, aber manchmal kam die alte Zicke doch noch durch. Besonders, wenn es ums Reiten ging. Da war Nele halt extrem ehrgeizig.

Doch heute musste sie wieder schwer mit Fairy kämpfen. So sah es zumindest aus.

„Nele, nicht so hart, reite ruhiger", mahnte Luke von der Seite.

Nele ritt mit Fairy zurück und nahm die Ecke zu knapp. Sie galoppierte scharf auf die Mauer zu und nahm das Hindernis – viel zu schnell, wie Mila fand. Fairys Hufe trafen hart auf dem Sandboden auf.

„Nele, nicht so hektisch. Mehr Rhythmus in den Galoppsprüngen!", rief Tamara.

Aber Nele schoss schon auf das nächste Hindernis zu. Sie kniff die Augen zusammen und jeder konnte sehen, wie sie Fairy mit kräftigem Körpereinsatz hinüberzwang.

„Nele!", brüllte Luke. „Nicht so hart, habe ich gesagt!"

Mila zuckte zusammen. Auch Nele sah erschrocken in Lukes Richtung. In ihrem Gesicht prangten hektische rote Flecken. Luke winkte mit der Hand, dass sie den Platz verlassen sollte. Nele lenkte Fairy zur Seite. Mila sah ihren geknickten Gesichtsausdruck und blickte ihr mitfühlend nach. Wenn sie Nele doch helfen könnte! Auch, wenn sie manchmal zickig war – Mila hatte sie inzwischen sehr ins Herz geschlossen.

Als Nächste war Charly an der Reihe. Tamara gab konkrete Anweisungen. Charly sollte weicher in ihren Bewegungen werden und später abspringen.

„Achte auf die Bascule", forderte Luke. „Dein Pferd braucht Freiraum zum Springen. Du engst es zu sehr ein!" Charly seufzte.

Den anderen erging es ebenso. Mila hatte Luke noch nie so viel und deutliche Kritik äußern hören. Für Franzi war es besonders schlimm. Ausgerechnet Luke, den sie so sehr bewunderte, kritisierte: „Franzi, das wirkt alles zu schwerfällig bei dir. Du gehst nicht genug in den Entlastungssitz. Hilf deinem Pferd! Mach nebenbei etwas mehr Sport und stärke deine Muskulatur!" Noch blasser als sonst und enttäuscht ritt Franzi vom Platz.

Als Mila an der Reihe war, musste sie sich innerlich einen Ruck geben. Sie hatte nun die gesamte Kritik an den anderen gehört – da fühlte sie sich schon mit ermahnt. Doch als sie aufsaß und Adessos frohe Erwartung spürte, war die Sorge wie weggeblasen.

Beschwingt ritt sie auf den Parcours zu. Den ersten Steilsprung nahm sie total locker. Die Galoppsprünge zwischen den Hindernissen gelangen flockig, sie ritt die Ecken sauber aus – es schien alles wie am Schnürchen zu klappen. Den Oxer ließ sie einfach weg und kam lachend vor Tamara und Luke zum Stehen.

Die beiden hatten ihr gar nichts zugerufen, fiel Mila auf. Ob sie wirklich so gut geritten war? Aber dann sah sie Tamaras konzentriertes Gesicht.

„Hmm", machte sie. „Mila, ich weiß, dass alles neu für dich ist. Und ich sehe ein, dass du noch den Spaß auskostest. Aber es ist beim Reiten wie beim Schwimmen: Im Wasser planschen ist nett. Aber wenn du richtig gut schwimmen lernen willst, musst du üben und Technik lernen. Dasselbe gilt für alle anderen Sportarten. Grundkenntnisse sind schön, aber dann geht es an die Ausbildung. Du und Adesso, ihr seid ein tolles Gespann. Er reagiert auf deine unbewussten Hilfen ganz fantastisch. Aber ihr reitet wie in einem romantischen Sommerfilm. Wenn du springreiten lernen willst, Mila, fang an!“

Mila schwirrte der Kopf. Ob sie springen lernen wollte? Aber das tat sie doch schon!

Auch Luke sah ernst aus. „Tamara hat recht. Es ist schön, dir zuzusehen. Aber du musst dich nun auf die Technik konzentrieren. Adesso auch. Und du solltest dich fragen, wann du endlich den Oxer angehen willst.“ Er wandte sich ab und winkte Jakob, dem letzten Schüler zu.

Mila war wie vor den Kopf geschlagen. Sie musste anfangen zu lernen? Ich lern doch seit Wochen! Ich bemühe mich und strenge mich an. Was wollen die denn? Immer müssen die nur meckern!, dachte Mila wütend.

Während sie Adesso striegelte, kam Tini freudig auf sie zugelaufen.

„Mila, ich habe dich aufgenommen! Du warst so super!“, lobte sie.

Mila lächelte. „Danke, Liebes. Aber Tamara und Luke denken ganz anders!“

„Ach Quatsch!“, rief Tini empört. „Schau doch!“ Sie fummelte einen Augenblick an ihrer Digitalkamera, dann hielt sie Mila den kleinen Bildschirm entgegen.

Mila sah sich selbst auf Adesso. Sie beobachtete, wie sie die Hindernisse übersprang und selig lächelnd ritt. Ihr eigener Gesichtsausdruck war verklärt und träumerisch. Mila musste lachen. „Ich glaube, ich weiß jetzt, was sie meinen. Danke, Tini, du bist ein Goldschatz!“ Sie küsste ihre Cousine auf das geflochtene Haar.

„Wieso denn?“, fragte Tini verwundert. Sie strich sich die Haare wieder glatt und starrte neugierig auf das Video.

Mila deutete auf sich selbst. „Schau, wie gelassen ich reite. Das ist prima für den Strand. Aber ich muss Adesso mehr führen, siehst du? Die Linienführung müsste sauberer sein. Hier, die Hilfen für den Absprung. Und dort, da könnte er viel weiter springen, wenn ich mehr mitarbeiten würde.“ Mila blickte verträumt zu Adesso. „Vielleicht könnten wir dann sogar den Oxer schaffen!“

Tini umarmte sie. „Na klar schaffst du das, Mila. Wenn eine das schafft, dann du!“

Mila hielt sie ganz fest. Was war Tini doch für ein wundervolles kleines Mädchen!

Als Adesso fertig und Tini davongedackelt war, wollte Mila seine Sonderration Kraftfutter zusammenstellen. Aber der Kasten war leer! Mila suchte nach Herrn Gründgen.

„Das Sonderfutter ist leer“, sagte sie, als sie Michels Vater draußen entdeckte.

Herr Gründgen nickte gedankenverloren. „Ja, das läuft nicht mit der Lieferung, ja, ja. Irgendwie läuft es grad nirgendwo so richtig rund.“

Da fiel Mila das Telefonat wieder ein, das sie neulich

mitgehört hatte. Hatte Herr Gründgen so viele Sorgen? Oder ging es nur ums Geld? Hatte Michel nicht neulich gesagt, dass er kein Taschengeld mehr hatte? Und in der Mensa aß er auch nicht mehr …

„Aber das Kraftfutter bezahlt doch die Schule, oder?“, rutschte es Mila heraus.

Herr Gründgen sah sie verblüfft an. „Ja, natürlich.“ Er schien zu überlegen, worauf Mila mit ihrer Frage hinauswollte. „Du brauchst dir keine Gedanken zu machen, Mädchen. Ich bring Adesso nachher das Futter. Da musst du gar nichts bezahlen!“

Mila wollte erwidern, dass sie das gar nicht meinte – aber vielleicht war es besser, nicht zu viel zu sagen. Sie wollte lieber erst Michel darauf ansprechen.

Schon kam er den Gang entlang.

„Michel!“, rief Mila. „Kann ich dich was fragen?“

„Später“, erwiderte Michel und lief weiter. „Ich habe mir was ganz Tolles mit Tini überlegt. Sag allen, dass wir uns heute Abend im Gemeinschaftsraum treffen.“

Weg war er.

Mila lief zuerst zu Charly.

„Charly, hattest du schon mal Geldsorgen?“, fragte Mila.

Charly lachte. „Nein, das haben wir nie, wieso?“ Dann sah sie erschrocken auf und wurde rot. „Ich meine, doch natürlich. Aber nicht schlimm. Warum denn?“

Mila erzählte von ihrem Verdacht.

Charly nickte. „Michel ist in letzter Zeit schon sehr verschlossen“, gab sie zu. „Mir ist auch aufgefallen, dass er an unseren Ausflügen gar nicht mehr teilnimmt. Er spricht ja fast nur noch mit dir. Aber ich dachte, das liegt an Nele und ihren blöden Kommentaren.“

Mila zog die Nase kraus. Ja, das konnte natürlich auch sein.

Nachdem Mila allen anderen Bescheid gesagt hatte, dass sie abends in den Gemeinschaftsraum kommen sollten, verbrachte sie den Rest des Nachmittages damit, die Kirsch-Lampions herzustellen. Was allerdings nicht so einfach war.

Mila hatte einen großen Eimer Kleister angerührt. Als Isa und Charly in den ansonsten leeren Speisesaal kamen, rissen sie erstaunt die Augen auf.

„So viel Kleister?“, fragte Charly entsetzt.

Mila nickte und blies einen Luftballon auf.

„Und jetzt? Erst mal Party?“, fragte Isa begeistert und griff sich auch einen Ballon.

Mila knotete den Ballon zu. „Nein. Wir kleistern die Ballons ein und kleben das rote Pergamentpapier drumherum. Wenn sie getrocknet sind, kann man den Ballon platzen lassen und rausholen. Dann hat man einen Lampion.“

Isa und Charly fingen eifrig mit dem Einkleistern an. Nach einer Weile fragten sie: „Mila, wo ist denn das Pergamentpapier?“

Es lag auf einem Nebentisch. Fein säuberlich zusammengefaltet. „Mist“, entfuhr es Mila. „Wir müssen es in kleinere Stücke reißen." Sie versuchte, einen Bogen rotes Pergament auseinanderzufalten, was mit Kleisterfingern jedoch eher schwierig war. Charly half ihr. Es dauerte nicht lange, da klebte der riesige Papierbogen.

„Igitt, was für eine Schweinerei", stöhnte Isa.

„Du schaust doch nur zu", motzte Charly. „Hilf uns lieber!"

In aller Seelenruhe lief Isa zum Waschbecken und wusch sich den Kleister von den Händen. Dann kam sie zurück, nahm einen neuen Pergamentpapierbogen und begann, ihn in kleine Stücke zu reißen.

Mila seufzte. „Gut, dass wir dich haben", sagte sie und ging ebenfalls zum Waschbecken hinüber, um ihre Hände zu waschen.

Es dauerte eine Weile, bis sie einen großen Haufen roter Papierfetzen beisammenhatten.

„Auf ans Kleistern!", rief Mila.

Sie tauchte ihre Hände in den Kleistereimer und erneuerte die Kleisterschicht um den Ballon. Dann tupfte sie mit dem Zeigefinger ein Stück Papier auf und drückte es an den Ballon. „Es klappt", sagte sie begeistert.

In diesem Moment öffnete sich die Tür. Ein Luftzug ging durch den Raum und verursachte einen kleinen Windstoß, der den großen Papierhaufen durcheinanderwirbelte. Hektisch versuchte Mila, den Haufen zusammenzuhalten. Isa und Charly sprangen ihr zu Hilfe – und im Nu waren sie voller Papierschnipsel. Es war ein riesiges rotes Chaos.

Mila drehte sich langsam um. „Wer war das?“
In der Tür stand Jakob. Grinsend und feixend.
Aber nicht lange.
Mila nötigte ihn, die roten Fetzen wieder aufzusammeln und den Mädchen brav anzureichen. Er seufzte. „Eigentlich wollte ich mir doch nur etwas zu trinken aus der Küche holen.“
Charly lächelte verschmitzt. „Kirschsaft?“
„Um Himmels willen, ganz bestimmt nicht!“
Sie lachten und scherzten und hatten nach zwei Stunden tatsächlich zehn Lampions fertig gebastelt. Sie hängten sie zum Trocknen mit Wäscheklammern an eine Leine.
„Sieht gut aus“, lobte Jakob.
Genauso sah Mila das auch.

Zwei Stunden später quetschte sich Mila mit ihren Freunden auf die Sofas des Gemeinschaftsraumes.
„Was ist denn nun die Überraschung?“, fragte Jakob ungeduldig.
Tini und Michel deuteten auf den Fernseher.
„Ich habe euch doch gefilmt“, begann Tini.
Alle nickten. Tini bat nämlich inzwischen jedes Mal brav um Erlaubnis, bevor sie jemanden filmte.
„Ja, und als ich Mila das heute gezeigt habe, hat sie gesehen, was sie falsch macht. Da dachte ich mir, ihr anderen wollt das vielleicht auch.“ Sie sah fragend in die Runde.
Aber Mila ahnte, dass Tini keine Sorgen zu haben brauchte, denn alle waren sofort erpicht darauf, sich

selbst zu sehen. Tini drückte auf „Play“ und Mila beugte sich neugierig vor. Das Video zeigte einen Schüler nach dem anderen. Alle gaben sich gegenseitig Feedback:

„Schau, deine Zehen sind zu weit oben.“

„Guck mal, da hättest du früher abspringen müssen.“

„Ach, *das* meinte Tamara, als sie von meinem Rücken sprach.“

Mila staunte. Es war ungeheuer einfach, die Fehler zu sehen, wenn man sich selbst von außen betrachtete.

Michel hatte offensichtlich Spaß an der Vorstellung. Er taute richtig auf und gab jedem kleine Tipps zu den Pferden. „Schau, da reißt er die Augen auf, da hat er Angst“, sagte er zu Mila. Und: „Vanilla dürfte mehr Hafer bekommen, denke ich, frag mal meinen Vater.“

Mila hörte ihm bewundernd zu. Am Ende war die Stimmung richtig gelöst.

„Danke, Tini, das war fantastisch“, fand Jakob. „Das hat uns echt geholfen. Oder, Leute?“

Alle jubelten und klatschten. Tini freute sich und Mila sah, wie sie Michel anstrahlte. „Wir haben noch etwas“, meinte sie. „Ich habe euch ja schon ein paar Mal im Stall und so gefilmt. Und jetzt hat Michel das für mich zusammengemacht – wie heißt das noch?“

„Zusammengeschnitten“, half Michel. „Es sind sozusagen eure Outtakes.“

Tini startete den Film.

Als Erstes sah man Jakob, der über einen Besenstiel stolperte.

„Hey“, beschwerte sich Jakob. Alle lachten.

Als Nächstes rutschte Isa beim Aufsitzen seitlich wieder ab, machte eine Drehung und plumpste unsanft zu Boden. „Aua“, sagte sie lachend.

Begeistert starrte Mila auf den Bildschirm. Jeder war dabei. Nele ritt blind, weil der Wind ihr das Halstuch ins Gesicht geblasen hatte. Mila hatte sich die Hand im Zügel verknotet und wurschtelte eine Ewigkeit daran herum, während Adesso versuchte, die Geranien von der Fensterbank zu fressen. Mark wurde von seinem Pferd liebevoll in den Graben gestoßen und Franzi landete beim Stolpern mit dem Gesicht im Sand. Als sie wieder aufstand, war ihr Gesicht über und über mit Sandkörnern bedeckt und sie spuckte und schüttelte sich.

„Ich erinnere mich“, lachte Franzi. „Ich hatte mich gerade vorher mit Sonnencreme eingerieben!“

Als das Video beendet war, gab es wieder Beifall. Mila klatschte besonders laut. Sie war so stolz auf ihr Cousinchen!

Michel gab Tini die Kamera zurück. „Damit würdet ihr im Netz eine Million Klicks bekommen unter dem Titel ‚Beste Reitpatzer‘!“

Mila lachte. Aber Franzi meinte mit hochgezogener Augenbraue: „Für einen, der nicht mal mitreitet, prahlst du hier ganz schön rum.“

Michels Gesicht wurde ernst. Mila konnte sehen, dass er die Zähne zusammenbiss. Er drehte sich um und ging hinaus.

„Mensch!“, rief Mila genervt. „Musste das sein? Er

hat euch doch eben tolle Tipps zu euren Pferden gegeben, oder? Mensch, Franzi!“

Sie eilte Michel hinterher. Doch er war schon verschwunden. Sollte sie ihm bis in seine Wohnung folgen? Nein, das wollte sie nicht. Das war sein Rückzugsgebiet, da wollte sie nicht stören. Sie ärgerte sich. Jetzt hatte sie Michel verteidigt und er hatte es nicht einmal mitbekommen!

Pause auf dem Islandhof

Mila war heilfroh, als Jan sie am nächsten Morgen in der Schule auf den Islandhof einlud.

„Ich wollte dir doch schon immer mal alles in Ruhe zeigen“, sagte er. „Die Ponys sind so freundlich und putzig, es ist eine ganz andere Stimmung als hier am Pferdeinternat. Komm doch nach dem Essen. Ich bitte Mama, dass sie uns ihre berühmte Apfeltorte macht.“

„Ich komm total gern“, erwiderte sie. „Endlich mal raus.“

Mila musste einfach einmal etwas anderes sehen. Hier auf dem Internat dachte sie den ganzen Tag an die vielen Probleme – Nele und Fairy, Michel und die Geldsorgen, ihre eigene Reitprüfung … Da war ein Ausflug unbedingt nötig, um sie auf andere Gedanken zu bringen.

Gleich nach dem Mittagessen machte sie Adesso für ihren Ausritt fertig, schwang sich in den Sattel und trabte los.

Die Sonne schien warm auf Milas Arme und eine leichte Brise wehte ihr die Haare aus dem Gesicht. Es roch nach Meer und warmer Luft. Mila liebte das. Sie lächelte, während sie den Reitweg durch die Dünen nahm, und merkte allmählich, wie sie ruhiger und gelassener wurde. Ach, diese ganzen Sorgen – wie hatte ihre Oma immer gesagt? Kommt Zeit, kommt Rat.

Mila ließ sich von der Umgebung verzaubern, betrachtete Schmetterlinge und Bienen und entdeckte ein erschrockenes Häschen, das vor ihr davonflitzte. Sie spürte, wie dieser Ritt ihre Batterien wieder auflud und ihr das Atmen leichter fiel. Auch Adesso schien es so zu gehen, denn seine hektischen Trippelschritte waren inzwischen einem ruhigen Rhythmus gewichen. Mila klopfte ihm zärtlich den Hals. „Mein Guter", flüsterte sie.

Schließlich konnte sie das reetgedeckte Haus des Islandgestüts zwischen den Dünen ausmachen. Ruhig lenkte sie Adesso darauf zu und erspähte bald Jan, der am Zaun vor dem Haus lehnte und auf sie zu warten schien.

„Hey, Mila!", rief er winkend, als er sie entdeckte.

Mila saß ab. „Hey, Jan! Oh Mensch, das tut so gut, mal rauszukommen", sagte sie.

Jan nickte lachend. „Das kenne ich. Komm, wir lassen Adesso was trinken. Du musst ja großen Durst haben, was, Dicker?"

„Dicker?", wiederholte Mila empört. „Großer wäre wohl besser."

Jan führte Adesso zur Tränke. „Hast recht", meinte er. „Das kommt von unseren Ponys. Da sind ja schon ein paar Dicke dabei – ich glaube, ich sag das inzwischen zu jedem Pferd!"

Mila atmete tief durch. Hier war alles so entspannt! Sie hoffte, dass Jan sie nachher mit in die wundervolle, gemütliche Küche des Hofes nehmen würde. Und sie hoffte auf ein großes Stück der guten Apfeltorte! Aber erst einmal brachte Jan Adesso auf die Weide. Dann führte er Mila zur Nachbarweide und zeigte ihr die Ponys. Die drolligen Isländer kamen gleich neugierig näher und schnüffelten an Mila herum.

„Hey!“, kicherte sie. „Lasst mich am Leben.“

Jan sah eine Weile amüsiert zu und schob sich dann vor Mila. „So, ihr Dicken, genug geschnuppert. Jetzt stellt euch mal vor. Fenja!“

Wie auf Kommando trat das hübsche schwarze Pony vor und stupste Jan mit dem Kopf an. Jan wuschelte durch die dicke Mähne. „Fenja hast du ja schon kennengelernt, als du neulich Pferdinand hier abgeholt hast.“

Mila nickte. „Wir sollten ihnen mal wieder Gelegenheit geben, sich zu sehen, hm?“

Schließlich waren die beiden unzertrennlich und schwer ineinander verliebt.

Jan stimmte ihr zu. „Ja, vielleicht kann Nele mal mit ihm herreiten?“

„Wohl nicht“, meine Mila. „Nele reitet nur noch auf Fairy. Obwohl das auch grad nicht so klappt …“

„Oh, schade“, fand Jan.

„Ja, und noch blöder ist, dass auch Pferdinand nicht mehr ausgeritten wird. Ich sehe ja ein, dass das zu viel Arbeit für Nele ist, aber …“

Mila seufzte. Da waren sie wieder, die Sorgen. Mila

schüttelte sich und sah auf. „Und wie heißen die anderen Dicken?"

Jan ging von einem Pony zum nächsten und erzählte Mila von all ihren Eigenheiten. Es war lustig, ihm zuzuhören. Außerdem staunte Mila, wie ruhig er mit den wilden kleinen Ponys umging. Sie schienen sich seinen Bewegungen irgendwie anzupassen, als wüssten sie, was er von ihnen wollte, ohne dass er es sagte.

„Reitest du auch?", wollte Mila schließlich wissen.

„Ach, wenig", sagte Jan schulterzuckend. „Ich schmuse und tobe lieber so mit ihnen herum. Außerdem muss sie jemand beruhigen, wenn die kleinen Besucherkinder fertig mit dem Reiten sind." Er lachte. „Ich mag sie ja, die Reitkinder, aber sie sind immer so schrecklich aufgeregt!"

Mila sah sich um. „Zurzeit sind gar keine hier?"

Jan schüttelte den Kopf. „Grad sind nur ein Ehepaar und eine allein reisende Frau bei uns. Nächste Woche kommt eine Familie mit Kleinkindern und in den Ferien ist es natürlich rappelvoll."

Natürlich. Mila stellte sich vor, wie es hier vor Kindern nur so wimmelte. „Da sind die Islandponys wohl die beste Wahl, oder?"

Jan nickte. „Ja, sie sind robust und selber wild und ungestüm, die mögen das Gewusel. Wir achten sehr darauf, dass es ihnen nicht zu viel wird und das Reiten mit den Kindern ihnen Freude macht."

Mila nickte. Das hatte sie sich schon gedacht. Nun führte Jan sie zum Haus und brachte sie direkt in die Küche, wie Mila freudig feststellte.

„Möchtest du Tee oder Kakao?“, fragte Jan und stellte ihr gleich ein dickes Tortenstück vor die Nase.

„Lieber Tee, bitte“, antwortete Mila und quetschte sich auf einen der gemütlichen Stühle. Sie betrachtete die kunterbunte und rustikale Landküche zufrieden. So wollte sie es auch einmal haben, wenn sie erwachsen war!

„Ihr habt es toll hier“, schwärmte sie. „Reitet deine Mutter eigentlich?“

Jan wurde ernst. „Meine Mutter hält genau wie ich nichts von ambitioniertem Pferdesport. Ausreiten und mit ihnen zusammen Spaß haben, ja natürlich. Aber ihnen den Sport aufzuzwingen, das geht zu weit. Das ist so viel Drill und Zwang, ich kann da nicht mal zusehen.“

Mila verkrampfte sich. „Drill und Zwang? Ich zwinge Adesso doch nicht.“

Jan lächelte schief. „Na, darüber haben wir doch schon diskutiert, oder? Ich finde nicht, dass er das freiwillig macht. Oder hast du ihn schon mal auf der Koppel präzise über einen Baumstamm springen sehen?“

Mila war sprachlos.

Jan schenkte ihr Tee ein und ließ einen dicken Kandis hineinfallen. Mila rührte um und starrte schweigend in ihre Tasse. Jans Argumente waren richtig, aber irgendwie stimmten sie auch nicht ... Mila musste darüber nachdenken. Dann begann sie, sich zu ärgern. Sie hatte doch eine Auszeit gewollt! Und jetzt musste sie sich schon wieder Gedanken machen!

„Hey, jetzt mach nicht so ein düsteres Gesicht“, sagte Jan und lächelte sie an. „Da sind wir eben unterschiedlicher Meinung. Kann doch mal vorkommen – ich sag ja gar nicht, dass du das mit dem Springreiten lassen musst." Er legte ihr einen Finger unters Kinn und hob es hoch, sodass sie ihn ansehen musste. „Alles okay?"

Mila lachte und schob seinen Finger weg. „Du bist eine Nervensäge, Jan", schimpfte sie fröhlich und beschloss, zu Hause weiter nachzudenken.

Sie lachten und machten Späße und der Nachmittag verging wie im Flug. Irgendwann sah Mila erschrocken auf die Uhr. „Ich muss jetzt los, sonst komme ich zu spät zum Abendessen", meinte sie. „Du hast ja sicher schon gehört, wie Frau Käthe das findet."

Jan reichte ihr den Reithelm. „Und ob. Zur Not rufst du an, dann bringe ich dir die Reste von unserem Abendbrot."

„Nur die Reste?", beschwerte sich Mila scherzhaft.

Kurz darauf winkte sie Jan und ritt zum Internat zurück. Das war wirklich ein guter Ausflug gewesen. Mila beschloss, ihn bald zu wiederholen.

Aufregung um Nele

Stangenarbeit! Das hatte sich Luke für Milas folgende Reitstunde ausgedacht. Sie musste mit ihm die Entfernungen abgehen und die Stangen selbst auslegen.

„Aber ich springe doch schon", klagte Mila. „Warum soll ich denn jetzt über liegende Stangen hüpfen?"

Luke schüttelte den Kopf. „Nicht hüpfen, Mila. Schritttempo. Ihr müsst Basisarbeit machen. Rhythmus, Entfernungen abschätzen – nur zu, du wirst merken, dass es dir und Adesso hilft."

Natürlich hatte er recht. Mila übte eine Dreiviertelstunde lang und wurde mit Lukes Hilfe rasch besser. Adesso war erstaunlich konzentriert und sehr geduldig. Wider Erwarten machte es Mila großen Spaß. Am Ende der Übung trabte sie stolz zu den anderen, die am Reitplatz den Parcours trainierten.

„Na, Stangenarbeit?", fragte Jakob grinsend.

Mila nickte. „Hat aber Spaß gemacht."

Jakob sah zu Luke. „Ja, er hat's echt drauf, dass sogar die Basisübungen nicht langweilig werden."

Dann wandte er sich wieder zu Mila. „Und wenn du mal was nicht kapierst – ich hab 'ne Menge Tipps auf Lager!"

Das glaubte Mila sofort. „Vielleicht komme ich mal darauf zurück."

„Solltest du", fand Jakob. „Du hängst zu viel mit Michel rum, der hat doch gar keine Ahnung vom Springen."

Mila schoss plötzlich die Wut bis in die Haarspitzen. „Was –"

Doch in diesem Moment hob Tamara die Hand. „Ruhe, bitte!"

Mila warf Jakob einen zornigen Blick zu, doch der bekam das gar nicht mit. Sie wusste nicht, was sie mehr erzürnte – dass Jakob Michel beleidigt hatte oder dass er Mila vorschreiben wollte, mit wem sie befreundet war.

„So, das war eine anstrengende Stunde", erklärte Tamara. „Ich denke, wir brauchen alle eine kleine Erholung. Morgen ist daher Trainingspause. Heute räumt ihr bitte alle eure Spinde im Stall auf, ich kontrolliere sie später."

Die Schüler murrten.

Tamara lächelte. „Ja, ja. Als Belohnung werden wir morgen alle zusammen ans Meer gehen, schwimmen und picknicken. Einverstanden?"

Der Jubel war riesig. Auch Mila jauchzte vor Freude. Fröhlich versorgten sie ihre Pferde und machten eifrig Pläne für den nächsten Tag. Nur Nele lächelte nicht.

„Hey, Nele, alles okay?“, fragte Mila.

Nele hob die Schultern. „Was sollen wir denn am Meer? Ich würde lieber noch mit Fairy trainieren. Wir können uns einfach keinen freien Tag erlauben.“

Mila legte ihr die Hand auf die Schulter. „Aber manchmal kriegt man durch eine Auszeit doch Kraft und geht mit viel mehr Schwung wieder an die Arbeit.“ Sie dachte an ihren Ausflug zum Islandhof.

Nele schüttelte unwillig den Kopf. „Mir bringt so was nichts.“ Sie wandte sich ab und ging, drehte sich aber noch mal zu Mila um und sagte leise: „Trotzdem danke.“

Mila lächelte zaghaft. Arme Nele. Sie hatte noch mehr Sorgen als Mila …

Mila schmuste noch ein bisschen mit Renate, die sie in letzter Zeit sträflich vernachlässigt hatte. Nur gut, dass Tini sich so eifrig um sie kümmerte. Sie fand noch eine rosa Klammer von Tinis letzter Verkleidungsaktion in Renates Mähne und schmunzelte.

Plötzlich blickte sie irritiert hoch. Irgendwo im Stall blitzte es. Mila stand auf. Fairy zappelte unruhig in ihrer Box. Mila stieg auf einen umgedrehten Eimer und schaute über den Boxrand. Tatsächlich, die Blitze kamen aus Fairys Box. Was war da los?

„Braves Mädchen“, sagte eine ruhige Stimme.

Das war Michel. Was machte er da? Mila duckte sich. Sie beobachtete, wie Michel aus Fairys Box kam und die Tür sorgfältig verschloss. Dabei starrte er auf sein Handy, lächelte zufrieden und ging ins Büro.

Verwirrt setzte sich Mila auf den Eimer. Michel hatte sie nicht gesehen. Was wollte er bei Fairy? Noch dazu mit dem Handy? Und warum hatte sie ihn eigentlich nicht einfach danach gefragt? Mila seufzte. Schon wieder eine Sorge mehr!

Mila lief rasch zu Charly und erzählte ihr davon.

Charly knabberte unwohl an einer Haarsträhne. „Das musst du melden“, meinte sie sofort.

„Was denn – dass Michel mit dem Handy Fotos macht?“

Charly sah sie an. „Du weißt genau, was ich meine. Das ist komisch. Fairy ist Neles Pferd. Was will er denn in ihrer Box mit dem Handy? Noch dazu heimlich, ohne Neles Wissen.“

Mila verteidigte Michel. „Es war ja gar nicht heimlich. Es war nur zufällig niemand im Stall.“

„So, so, zufällig, hm? Er hat Nele also gefragt, meinst du?“

Mila verstummte. Nein, gefragt hatte er sie bestimmt nicht.

„Nele ist oft fies zu Michel. Vielleicht will er sich rächen und macht Fairy nervös“, vermutete Charly.

„Niemals – Michel würde nie ein Pferd quälen!“, rief Mila.

„Oder er macht Videos und stellt sie ins Netz, um Nele zu ärgern“, überlegte Charly weiter.

„Ärgern? Wie soll Nele das denn ärgern?“, fragte Mila sauer.

Charly zuckte mit den Schultern. „Was weiß denn

ich? Ich sag nur, du musst es melden. Es ist deine Beobachtung, nicht meine." Sie ging aus dem Zimmer.

Mila rollte mit den Augen. Na super, jetzt hatte sie auch noch Zoff mit Charly ...

Der gemeinsame Spaziergang zum Strand tat allen gut. Mila hatte Jan und Michel überredet mitzukommen, denn sie fand, dass sie auch etwas Abwechslung vertragen konnten. Ab und an sah Mila nachdenklich zu Michel hinüber. Sollte sie mit ihm über die Handyfotos im Stall reden? Er war doch ihr Freund ...

Aber zum Glück lenkten die anderen Mila genügend ab. Sie schubsten sich vom Weg, machten Scherze über Isas unglaublich klein geflochtene Zöpfe und erzählten Gruselgeschichten von im Meer verschollenen Schwimmern.

„Zwei Jahre später hat der alte Seebär Ole sie gesehen", beendete Jakob seine Geschichte über eine angeblich im Meer verschwundene Frau. „Ich schwöre euch, er hat es mir haarklein berichtet. Sie tauchte direkt neben seinem Fischerboot auf – als Meerjungfrau."

Franzi gab ihm einen freundschaftlichen Klaps auf den Hinterkopf. „Du Spinner. Das ist Seemannsgarn!"

„Ja? Bist du sicher?", fragte Jakob geheimnisvoll. „Ich würde an deiner Stelle nicht so weit rausschwimmen. Du hast genau die gleichen Haare wie sie ..."

Mila bekam eine Gänsehaut und Charly griff ihr ängstlich an den Arm. Aber Franzi lachte nur.

Mila bemerkte, dass Michel sich zu Nele gesellte. Sie hörte, wie er ein Gespräch anfing: „Du, Nele, ich wollte dir noch etwas wegen Fairy sagen …“

Doch Nele fauchte nur „Lass mich in Ruhe“ und drehte sich weg.

„Aber ich habe gesehen –“, begann Michel erneut.

Da blieb Nele stehen. „Gerade *du* willst mir Tipps geben?“, brüllte sie ihn an.

„Jetzt entspann dich mal!“ Jan stellte sich zwischen Nele und Michel. „Vielleicht solltest du ihm zuhören, er weiß, wovon er redet.“

Aber Nele ging um ihn herum und nahm Tempo auf.

Mila sah Jan lächelnd an. Er hatte Michel verteidigt, das fand sie toll. In ihrem Magen kribbelte es zart.

Am Meer breitete Mila rasch ihr Handtuch aus und lief dann sofort den anderen nach ins Wasser. Nele sonderte sich als Einzige ab und spazierte barfuß am Strand entlang.

Erst nach einer guten Stunde legten sich alle auf die Handtücher.

„Wer hat etwas zu essen mit?“, rief Charly.

Mila kramte in ihrem Rucksack. Natürlich hatte sie etwas für ihre immer hungrige Freundin mitgenommen! „Ich habe Salzstangen“, verkündete sie.

Die anderen hatten Gummibärchen, Äpfel, Kekse und Apfelschorle dabei. Ausgelassen futterten sie um die Wette.

„Ah, tut das gut“, seufzte Isa. Mila machte Platz,

damit sie ihre langen Beine in die warme Sonne legen konnte.

Isa stupste Nele an, die immer noch im Kleid auf dem Handtuch saß.

„Zieh den Fummel aus und gönn deiner Haut ein bisschen Sonne“, schlug Isa vor.

„Lass mich“, fauchte Nele.

Daraufhin schubste Isa ihr ein bisschen Sand auf die nackten Zehen. „Na komm“, meinte sie.

Da sprang Nele auf. „Ich sagte: ‚Lass mich!‘ Ihr seid doch eine Horde durchgeknallter Maulesel ohne Ehrgeiz! Ich bin eben anders, also LASST MICH!“, schrie sie und rannte zum Wasser.

Isa war blass geworden. „Ich wollte sie doch nur aufmuntern“, flüsterte sie.

Mila lehnte sich tröstend gegen sie. „Mach dir nichts draus, Nele stresst sich immer so.“

Mila schaute Nele hinterher, die wieder durch die Wellen spazierte. Doch dann ließ sie sich von Jakobs Scherzen ablenken und versuchte, in einer Minute zehn Salzstangen zu essen und danach zu pfeifen. Natürlich gelang ihr das nicht, was alle zum Lachen brachte.

Schließlich mahnte Tamara zum Aufbruch.

Mila begann, ihre Tasche zu packen. Dann sah sie auf.

„Wo ist Nele eigentlich?“, fragte sie.

Die anderen blickten sich suchend um. Nele war verschwunden.

„Vielleicht ist sie zu weit den Strand entlanggelaufen und braucht noch eine Weile, bis sie wieder hier ist", meinte Charly hoffnungsvoll.

Sorgenvoll sah Tamara auf ihre Uhr. „Sie ist schon recht lange unterwegs. Ich muss Frau Steinbach darüber informieren." Sie griff zu ihrem Handy und rief die Direktorin an.

Mila stopfte Neles Sachen in deren blaue Tasche. Ihr Magen war ein einziger Klumpen. Sie hätte Nele nachlaufen sollen, als sie so zornig abgehauen war! Sie hätte ... ach ...

„Mach dir keine Sorgen", sagte Michel und nahm sie in den Arm. „Nele ist tough und passt auf sich auf. Bestimmt ist sie einfach schon nach Hause gegangen."

Mila nickte und warf einen Blick auf das rauschende Meer. Hoffentlich war sie nicht irgendwo im Wasser ... Da fing sie einen Blick von Jan ab. Rasch sah er woanders hin. Mila zog die Stirn kraus. Was war das für ein Blick gewesen? War Jan etwa eifersüchtig, weil Michel sie umarmte?

Verflixt, die Welt ist einfach zu kompliziert für mich, dachte Mila.

Auf dem Rückweg durch die Dünen kam ihnen ein Spaziergänger entgegen. Mila wäre an ihm vorbeigegangen, aber Franzi rief: „Haben Sie vielleicht ein junges Mädchen gesehen?"

Der Mann lächelte freundlich. „Ja, ein Mädchen ist an mir vorbeigelaufen – das ist aber schon eine Weile her!", sagte er und zeigte in Richtung des Internats.

„Danke", sagte Franzi.

Und Tamara griff zu ihrem Handy, das im selben Moment klingelte.

„Ja, Frau Steinbach. Wir haben es gerade von einem Spaziergänger gehört. Schön, dass Sie Nele gefunden haben. Vielen Dank.“ Sie legte auf. Und ihrem Gesichtsausdruck konnte Mila entnehmen, dass dieser Abend für Nele nicht angenehm werden würde.

Den Rest des Weges schwiegen die Schüler oder sprachen nur sehr leise miteinander.

„Da sieht man, dass nicht nur die Pferde gestresst sind“, meinte Jan leise.

Mila runzelte die Stirn. Fing er schon wieder damit an? Aber dann fiel ihr ein, wie Jan Michel verteidigt hatte.

„Ich fand’s toll, wie du Michel vorhin zur Seite gesprungen bist“, entgegnete sie. „Michel ist in letzter Zeit sehr still, ich glaub, er hat irgendwie Sorgen …“ Mila brach ab. Vielleicht sollte sie Jan nicht davon erzählen.

Doch Jan antwortete nur: „Vermutlich hält er sich zurück, weil er eben nicht am Springtraining teilnimmt. Ihr redet ja immer nur über dasselbe Thema.“ Er lachte leise. „Hast du dich schon mal gefragt, warum Michel keine Reitstunden nimmt?“

Mila dachte, dass es vermutlich zu teuer war, sagte aber nichts.

„Michel geht’s da sicher wie mir“, fuhr Jan fort. „Er ist stets so besorgt um das Wohl der Pferde. Pferdesport ist halt wider die Natur. Diese ganzen Turniere, der Stress … Ich mein, was ihr den Pferden da aufzwingt, das …“

„Stopp!“, unterbrach Mila ihn wütend. „Hör mal auf damit, mir das madigzumachen. Du kannst ja denken, was du willst, aber musst du das jedes Mal wieder aufwühlen?“ Sie funkelte ihn wütend an.

Jan schwieg. Als sie am Internat ankamen, ging er schulterzuckend zu seinem Fahrrad und machte sich auf den Heimweg.

Mila sah ihm grummelnd nach. Warum mochte sie Jan nur so? Konnte man sich überhaupt mögen, wenn man in einer Sache so unterschiedlicher Meinung war?

Nachdem Mila ihre Badesachen aufgehängt hatte, huschte sie noch einmal in den Stall. Tamara kam ihr entgegen und Mila sprach sie an.

„Tamara, was ist mit Nele, geht es ihr gut? Wo ist sie?“

Tamara lächelte halbherzig. „Als Frau Steinbach sie entdeckte, trainierte sie mit Fairy. Ganz verbissen soll sie ausgesehen haben. Frau Steinbach hat ihr ins Gewissen geredet und wir haben gemeinsam beschlossen, dass Nele eine Zwangspause braucht.“ Tamara sah Mila eindringlich an. „Nele darf ein paar Tage gar nicht mehr reiten. Ihr geht es sehr schlecht mit unserer Entscheidung. Es wäre mir lieb, wenn du dich ein wenig um sie kümmern könntest, Mila.“

Mila nickte. Das war doch selbstverständlich.

Sie machte sich gleich mit Charly zusammen auf die Suche, aber Nele war nicht aufzufinden.

„Sicher will sie einfach nur in Ruhe gelassen werden“, vermutete Charly.

„Ja, mitleidige Blicke sind das Schlimmste, wenn es einem dreckig geht“, stimmte Mila ihr zu. „Können wir nicht irgendetwas für sie tun?“

Da begann Charly zu strahlen. „Auch wenn sie nicht reiten darf, wird sie sicher trotzdem viel Zeit mit Fairy verbringen, meinst du nicht?“

Mila nickte und sah Charly verständnislos hinterher, die „Warte hier!“ rief und davonsprintete.

Ein paar Minuten später kam sie zurück. Sie hielt ihren Rucksack in den Armen und zog Mila verschwörerisch in eine leere Box.

„Schau, ich habe da noch ein paar Sachen. Die schenken wir Nele und schreiben ihr einen netten Brief, was denkst du?“

Mila war begeistert und drückte Charly schnell. Unglaublich, wie selbstlos ihre Freundin immer war! Sie spähte in den Rucksack und nahm staunend eine hübsche Kardätsche in die Hand. Das dunkle Holz war glatt poliert und der Name einer teuren Marke prangte auf einem silbernen Schildchen. „Die *schenkst* du Nele?“

Charly lächelte. „Ja, meine ist noch prima.“

Hui, die haben noch mehr Geld in Charlys Familie, als mir klar war, dachte Mila.

Charly hatte Textilstifte aus dem Kunstraum besorgt und nun malten sie Hufeisen, Herzen und Pferdeköpfe auf eine beige Tragetasche. „Für Nele und Fairy“ schrieb Charly darüber. In die Tasche kamen die wertvolle Kardätsche, ein paar rosa Zopfgummis, die Charly bei Isa geschnorrt hatte, ein Kamm, ein Schokoriegel und ein Trinkpäckchen. Dazu legten sie eine Karte: *Für die innige Pferdefrisierstunde – von Nele und Mila.*

„Wozu liegen hier noch Ohrstöpsel?“, fragte Mila und hob das kleine Kästchen auf, das zu Boden gefallen war.

Charly grinste. Sie nahm einen kleinen Zettel und schrieb: „Damit du das Training der anderen nicht hören musst.“ Dann klemmte sie den Zettel mit einem Haargummi an die Ohrstöpsel.

„Das ist echt eine geniale Idee“, fand Mila. „Du bist so kreativ, Charly!“

Ihre Freundin wurde rot vor Freude. „Danke. Jetzt komm aber, wir müssen die Tasche noch wegbringen, bevor Nele zurückkommt.“

Sie hängten die Tasche an die Boxentür und warteten einige Zeit, aber Nele kam nicht. Nach einer Weile gingen sie in ihre Zimmer.

Erst sehr spät, als Mila schon im Bett lag, öffnete Nele leise die Zimmertür. Mila richtete sich auf.

„Wo warst du denn nur, Nele?“, fragte sie.

Nele hatte rot geweinte Augen. Mila stand sofort auf und nahm sie in den Arm.

„Scheißtag, hmm?“, sagte sie leise.

Nele nickte. Stockend erzählte sie Mila, dass sie sich

im alten Heustall verkrochen hatte. Die ganze Zeit hatte sie geweint und geflucht.

Doch dann zog sie ihre Nase hoch und lächelte Mila an. „Es war wirklich ein Scheißtag, aber weißt du, es gab auch etwas Gutes."

„Was denn?", fragte Mila.

„Jemand hat mir eine Überraschung an Fairys Boxentür gehängt." Sie griff nach einem Taschentuch und schnäuzte sich. „Danke, Mila."

„Schon gut", meinte Mila. „Es war Charlys Idee. Wir fanden, du brauchst ein bisschen Trost von deinen Freunden."

Nele nickte. „Es ist das erste Mal seit Langem, dass ich wieder Freunde habe, Mila. Aber sag es keinem, ja?"

Statt einer Antwort umarmte Mila Nele noch einmal. Und dann schüttelte sie ihre Bettdecke auf, wartete, bis Nele sich umgezogen hatte, und deckte sie gut zu.

„Alles wird wieder gut", flüsterte sie.

Michel verblüfft alle

Mila war sehr erstaunt, als Nele sie am folgenden Morgen bat, mit ihr in den Stall zu kommen.

„Ich möchte mit Michel reden“, sagte sie nur.

Mila ahnte, dass Nele sich bei ihm entschuldigen wollte, und ging selbstverständlich mit.

Sie fingen Michel ab, bevor er zum Unterricht ging. Natürlich, er war ja morgens immer im Stall bei den Pferden.

„Michel …“, begann Nele zaghaft.

Michel war nicht nachtragend. Er blieb stehen und sah Nele freundlich an. „Ja?“

Nele stotterte. „Tut mir leid, dass ich … dass … ich meine …“

„Schon gut“, sagte Michel. Er klopfte ihr sachte auf die Schulter und wollte gehen, aber Nele hielt ihn am Ärmel fest.

„Michel … ich habe noch was anderes. Du hast doch gesagt, es stimmt was nicht mit Fairy. Ich hab’s wohl übertrieben und … und eigentlich will ich doch nur, dass es ihr gut geht. Würdest du mir jetzt doch sagen, was du gemeint hast?“

Sie sah ihn hoffnungsvoll an. Mila trat näher, um ihr Mut zu machen.

Michel lächelte. „Sicher. Es sind die Hufe, Nele."

Nele überlegte fieberhaft. „Die Hufe?"

Auch Mila wusste nicht, worauf er hinauswollte.

„In ihrem alten Gestüt haben sie offenbar einen sehr schlechten Hufschmied. Und ich vermute, dass Fairy unseren Hufschmied noch nicht gesehen hat, seit sie hier ist?"

Nele wurde rot.

Mila erinnerte sich an eine unschöne Szene, als Herr Gründgen Nele gebeten hatte, ihr Pferd zur Kontrolle in den Stall zu bringen, als der Hufschmied da war. Nele hatte ihm sehr unfreundlich geantwortet, dass Fairy das zurzeit nicht brauche, sondern jede Minute fürs Training benötige. Herr Gründgen hatte damals etwas von „unverantwortlich" und „dann aber in vier Wochen" gemurmelt und war gegangen.

„Hm, das war wohl meine Schuld", gab Nele kleinlaut zu.

„Egal, ist schon gut", meinte Michel. „Ich hatte immer den Eindruck, als liefe Fairy wie auf Steinchen, sie setzt so vorsichtig auf. Zuerst habe ich es für eine Stressreaktion gehalten, aber irgendwann bin ich auf die Hufe gekommen und hab nachgeschaut. Ich habe gleich ein Foto davon an den Hufschmied geschickt, ich hoffe, du verzeihst mir, dass ich nicht vorher gefragt habe?"

Er sah Nele schuldbewusst an.

Mila wurde knallrot vor Scham. Sie hatte Michel

verdächtigt und nur Schlimmes gedacht. Und nun stellte sich heraus, dass er nur Gutes im Sinn gehabt hatte!

Nele nickte nur.

„Ich kann einfach nicht anders“, sagte Michel. „Wenn es den Pferden nicht gut geht, muss ich etwas unternehmen. Jedenfalls kommt der Hufschmied morgen.“

Nele sah erleichtert aus. „Wirklich? Morgen schon?“

Michel drehte sich um. „Komm, ich zeig dir, was ich mit den Hufen meine“, erwiderte er und führte Nele und Mila in Fairys Box.

Drei Stunden später standen Nele, Mila und Michel wieder im Stall. Und diesmal waren auch alle anderen Schüler der Klasse dabei. Herr Gründgen hatte sie extra aus dem Unterricht holen lassen, um ihnen das Unglück zu zeigen.

Der Hufschmied wies auf den linken Hinterhuf. „Hier wurde viel zu steil gekappt. Seht ihr, wie sie im Gelenk nach hinten wegknickt, wenn der Huf gerade auf dem Boden steht? Die Stute steht quasi ständig mit gebeugten Gelenken. Das überdehnt die Sehnen und schadet den Gelenken – aber nicht nur im Bein. Es wirkt sich auf die gesamte Körperhaltung aus. Ich weiß nicht, wer das verbrochen hat, aber es ist wirklich eine Schande.“

„Ähm, wieso haben wir das alle nicht bemerkt?“, fragte Mila leise.

Herr Gründgen schaltete sich ein. „Ich hätte es früher sehen müssen. Doch ich dachte, ich lasse Fairy und Nele allein. Fairy sollte sich erst eingewöhnen. Ich habe einfach nicht genau genug hingeschaut. Wir verdanken es nur Michel, dass es endlich entdeckt wurde."

Nun starrten alle auf Michel.

Dem war das sichtlich unangenehm und er winkte ab: „Ach was, Zufall. Das hätte jeder entdecken können."

Doch Nele fiel ihm wortlos um den Hals. Mila sah, dass ihr die Tränen über die Wangen rannen. „Danke", flüsterte sie schließlich und trat wieder zu Fairy, um sie zu beruhigen.

Die anderen Schüler schwiegen betreten.

„Nein, dafür muss man ein Auge haben", erklärte der Hufschmied. „Solche Dinge sehen nur Menschen, die wirklich ein gutes Gespür für Pferde und ihr Wohlbefinden haben. Gratulation, mein Junge. Wenn du mal Hufschmied werden willst ..." Er reichte Michel die Hand.

Michel schüttelte sie lachend. „Wer weiß!"

Der Hufschmied wandte sich noch einmal an Herrn Gründgen. „Wissen Sie, woher das Pferd kommt? Man sollte dem Hufschmied dort mal auf die Finger sehen ..."

Herr Gründgen rieb sich das Kinn. „Das Gestüt, auf dem Fairy lebte, ist hervorragend. Ich habe schon dort angerufen. Sie hatten selbst in letzter Zeit sehr viel Ärger mit dem neuen Hufschmied und werden sich darum kümmern."

Der Schmied nickte zufrieden. „Und jetzt raus mit euch", sagte er dann zu den Schülern. „Ihr könnt das Pferdchen nachher mit seinen manikürten Nägeln bewundern."

Lachend liefen sie hinaus. Nur Nele bewegte sich nicht von Fairy weg.

Vorm Stall blieb Mila stehen. Die anderen auch. Als hätten sie es abgesprochen, bildeten sie einen kleinen Kreis um Michel.

„Sorry, Kumpel, ich habe da ein paar blöde Sachen losgelassen", murmelte Jakob und boxte Michel leicht am Arm.

„Mir tut's auch leid", meinte Franzi. „Mir war nicht klar, *wie* gut du dich mit Pferden auskennst."

Auch Charly sah zerknirscht aus. „Meine alte Deutschlehrerin hat mal gesagt: Ich kann zwar nicht Geige spielen, aber ich höre, wenn jemand falsch spielt. Wenn du also nicht springreitest, kannst du trotzdem eine Menge darüber wissen. Sorry, also."

Michel winkte lachend ab. „Jetzt ist es aber genug. Lasst uns schnell zurück zu Mister Green gehen, sonst müssen wir den ganzen Hufkram noch auf Englisch wiederholen!"

Sie liefen zum Klassenzimmer.

Mila hielt sich dicht neben Michel.

„Das war unglaublich", raunte sie ihm zu. „Du bist genial."

Michel grinste. „Merkst du das jetzt erst? Ich dachte, das sei schon beim Mathelernen deutlich geworden."

Mila knuffte ihn in die Seite.

„Nein, ehrlich, ich habe ja nichts gemacht. Ich habe nur den Hufschmied angerufen und Nele ein bisschen auf den richtigen Weg geschubst."

Mila lachte: „Gut formuliert!" Sie war so erleichtert wie noch nie und drückte glücklich seinen Arm. Endlich waren die Sorgen um Fairy vorbei!

Kampf mit dem Oxer

Aber es gab für Mila noch mehr Überraschungen. Zuerst überreichte Frau Steinbach ihr ein Paket ihrer Eltern aus Kenia.

„Fressorgie", quiekte Charly voller Vorfreude. Auch Tini, die mit ihnen in Milas Zimmer hockte, sah begeistert aus.

„Wohl kaum", meinte Mila. „Wäre doch reichlich blöd, ein teures Paket zu schicken nur mit Süßkram drin, oder?"

„Ach, find ich nicht", meinte Charly. „Süßes ist wichtig. Oder, wie Isa gern sagt: ‚Muss doch süß sein!'" Sie kicherten.

Tatsächlich waren in dem Paket auch ein paar Süßigkeiten, aber außerdem noch ein langer Brief ihrer Eltern und ein T-Shirt.

„Was steht denn da drauf?", fragte Charly neugierig.

Mila hielt es hoch. „My parents went to Nairobi. And all I got was this lousy T-Shirt."

Mila und Nele lachten.

„Was ist denn so komisch?", wollte Tini wissen.

„Hier steht: Meine Eltern waren in Nairobi. Und alles, was ich bekommen habe, ist dieses blöde T-Shirt."

Tini fand das nicht witzig. „Wieso schickt Onkel Chris dir denn so was? Ist doch toll, ich hätte gern ein T-Shirt. Und wieso Narohbi? Sind die nicht in Kenia?"

Da mussten Mila und Charly schon wieder lachen. Tini verschränkte beleidigt die Arme.

„Ach, Süße, Nairobi ist die Hauptstadt von Kenia. Eine riesige Stadt mit Hochhäusern und allem."

„Hochhäuser in Afrika?", fragte Tini erstaunt.

„Na klar, da gibt es auch Großstädte. Wir schauen nachher mal ein bisschen im Internet, okay?", meinte Mila. Sie hatte das Gefühl, dass Tinis Bild vom großen Kontinent Afrika nur Holzhütten und Elefanten beinhaltete. Das musste sie dringend ändern!

„Ist noch etwas drin?", wollte Tini wissen.

Mila griff nach dem letzten in Stoff eingewickelten Päckchen. Sie rollte es auf und mehrere Armbänder fielen auf die Bettdecke.

„Wow", staunte Charly. „Das sind handgemachte Perlenarmbänder. Die sehen ja supercool aus!"

„Für dich und deine neuen Freundinnen – und Tini!" stand auf einem kleinen Zettel.

Mila lächelte. „Sucht euch eins aus!", rief sie. „Jetzt haben wir echte Freundschaftsarmbänder!"

„Afrikanische!", strahlte Tini stolz, auch wenn ihr das Armband fast vom Handgelenk rutschte.

„Das machen wir noch enger", versicherte Mila ihr. „Wie hübsch du damit aussiehst!"

Tini sprang auf. „Ich bastle gleich noch eins für Renate aus Perlen!“ Schon war sie verschwunden.

Dafür tauchte Franzi plötzlich in der Tür auf.

„Hier seid ihr“, stöhnte sie. „Das war ja schon die halbe Strecke!“

Mila machte ihr Platz und Franzi ließ sich auf das Bett fallen.

„Was für eine Strecke?“

Franzi zog eine Schnute. „Na, Luke hat doch gesagt, ich muss fitter werden. Und ich habe auch versucht zu joggen. Aber es ist sooo öde allein, deshalb lass ich es ständig ausfallen. Ich brauch jemanden, der mitkommt.“

„Japsend um das Internat hoppeln? Ohne mich“, rief Charly rasch.

Doch Mila zuckte mit den Schultern. „Kann ja nicht so schlimm sein. Sollen wir jetzt gleich?“

Franzi rollte mit den Augen. „*So* motiviert musst du nun auch nicht sein. Morgen früh reicht allemal!“

„Hier, schau, was du von Mila bekommst!“ Charly reichte Franzi ein Armband.

„Wow, danke!“, freute Franzi sich.

Die Armbänder reichten auch für Nele und Isa. Und dann war noch eines übrig. Mila grübelte. Sollte sie das Michel geben? Oder lieber Jan? Würde einer von ihnen sauer werden, wenn er keines bekam? Sie seufzte. Schon wieder kompliziert! Am besten, ich behalte es erst einmal, dachte Mila und legte das Armband in ihre Nachttischschublade.

Am nächsten Morgen holte Mila Franzi um sechs Uhr ab. Sie schlichen leise aus dem Haus und rannten den kleinen Reitweg entlang, auf dem sie sonst mit den Pferden einen kurzen Ritt um das Internat machten.

„Der Weg kommt mir sonst viel kürzer vor“, keuchte Franzi.

Auch Mila ächzte. Sie stemmte eine Hand in die linke Seite. „Ich habe Seitenstechen“, stöhnte sie.

„Wow, fit sind wir wirklich nicht“, meinte Franzi, als sie sich kurz im Gras ausruhten.

„Versteh ich nicht, dabei reiten wir doch jeden Tag,“ sagte Mila.

Franzi wischte sich den Schweiß von der Stirn. „Vermutlich ist Joggen einfach ein anderer Sport, der andere Muskeln beansprucht“, riet Franzi. „Oder mehr auf die Ausdauer geht. Ist ja auch wurscht.“

„Oh, Wurst“, seufzte Mila. „Ich habe Hunger!“

Und der trieb sie unverhofft rasch den Rest des Weges zurück.

Die Sorgen um Michels merkwürdiges Verhalten bei Fairy war Mila los. Mit Nele war auch alles wieder okay. Aber eine Sache war geblieben: der Oxer.

Nachdem Mila beim Marumer Springen schon die Mauer angegangen war und nach langem Training und mit einem kleinen Trick auch bewältigt hatte, stand ihr in der Prüfung der Oxer bevor. Sogar ein noch größerer, als sie ihn beim Marumer Springen bezwungen hatte.

Mila hatte durch die Videoaufnahme von Adesso

und sich zwar Zuversicht gewonnen – aber als sie nun hoch zu Ross auf das enorme Hindernis blickte, schwand ihr Mut.

Tamara sah es ihr an. „Mila, nicht schon vorher zweifeln“, mahnte sie.

Mila lächelte schief. Sie klopfte Adesso aufmunternd an den Hals – und wünschte, jemand würde auch *sie* aufmunternd tätscheln.

Sie seufzte und trabte los. Erst den Steilsprung, dann die Mauer ... Mila überwand die anderen Hindernisse hervorragend. Dann ritt sie die Kurve zum Oxer. Sie starrte auf die Stangen, ihr Magen krampfte. Sie trieb Adesso an – und zügelte ihn.

„Ach, Mila“, rief Tamara. „Lass es ihn doch mal versuchen. Adesso kann das. Vertrau ihm einfach!“

Mila war den Tränen nahe.

Als die Stunde vorüber war, rief Tamara alle noch einmal zu sich. Sie lächelte freundlich.

„Ich glaube, heute konnten wir alle sehen, dass ihr euch sehr verbessert habt. Doch jeder von euch hat noch einige Kleinigkeiten zu bearbeiten. Damit ihr mal eine andere Sichtweise zu hören bekommt, werden euch morgen die Schüler der höheren Jahrgänge trainieren. Jedem habe ich einen Schüler zugewiesen. Ihr könnt ihnen jede Frage stellen und das Training selbst mit ihnen gestalten. Ich bin sicher, das hilft nicht nur sehr, sondern macht euch auch viel Spaß.“

Neugierig schob Mila sich vor. Alle drängten sich um Tamaras Liste.

„Ich habe Thomas, ach du meine Güte“, staunte

Jakob. Thomas war der beste Reitschüler der Abschlussklasse.

„Ich habe Grit. Warum hab ausgerechnet ich Grit?", fragte Isa verzweifelt. Das Mädchen aus dem Jahrgang über ihnen war bekannt für ihren Ernst und ihre Konzentration. Also genau das Gegenteil der quirligen Isa. „Die trägt nur Braun!", beschwerte Isa sich.

Mila lachte. Dann sah sie auf ihren Namen. Daneben stand *Elisa*. „Wer ist das? Die kenne ich gar nicht."

„Ach, menno – die ist total nett", meckerte Isa. „Wollen wir tauschen?"

„Hier wird nicht getauscht", sagte Tamara streng. „Ich habe die Schüler genau ausgewählt. Hört ihnen einfach zu. Ihr könnt von ihren Erfahrungen profitieren. Aber ihr müsst ihnen schon offen begegnen, nicht wahr, Isa?"

Isa wurde rot und nickte.

Aufgeregt begab Mila sich am nächsten Tag zum Reitplatz. Sie hatte Adesso vorbereitet, aber noch nicht mitgebracht. Vermutlich sollten sie und Elisa sich erst einmal kennenlernen, oder?

Das große Mädchen mit dem braunen Pagenkopf kam lächelnd auf sie zu und stellte sich vor: „Hey, Mila, ich bin Elisa."

Mila biss sich schüchtern auf die Lippe. Elisa war immerhin zwei oder drei Jahre älter als sie. Mila kam sich vor wie ein kleines Mädchen.

„Ich weiß, es ist ein bisschen seltsam", beruhigte

Elisa sie. „Aber wir reden einfach und machen nicht so ein Lehrer-Schüler-Ding draus, okay?“

Mila freute sich. Das schien ja doch recht unkompliziert zu werden.

„Mit uns hat Tamara das auch gemacht“, erzählte Elisa freundlich. „Ich hatte damals echte Probleme mit der Rückenhaltung. Aber Sonja hatte tolle Tipps, an die Tamara gar nicht gedacht hatte. Manchmal denken Lehrer eben zu komplex.“

Mila lächelte. Und dann berichtete sie Elisa von ihrer Furcht vor dem großen Oxer.

Elisa hatte gleich eine Idee. „Komm mit“, sagte sie.

Sie liefen in die große Reithalle, die glücklicherweise gerade ungenutzt war. Genau in der Mitte prangte – der blaue Oxer!

„Hast du den hier aufgestellt?“, fragte Mila verblüfft.

Elisa schmunzelte. „Nicht allein. Luke hat mir geholfen. Na los, komm näher!“

Mila lief auf das Hindernis zu. Hier, mitten in der Halle, wirkte er noch einschüchternder auf sie.

„Ein Riesenteil“, seufzte Mila.

Elisa stellte sich auf die andere Seite und rief: „Heb mal die Stangen mit mir raus!“

Mila gehorchte. „Wozu denn? Ich denke, den hast du extra aufgebaut!“ Sie hoben die vier Stangen heraus und legten sie an die Seite.

„Und jetzt?“, fragte Mila.

„Jetzt springst du drüber“, antwortete Elisa.

„Aber Adesso ist noch …“

„Nicht Adesso. Du!“

Mila hob eine Augenbraue. Wollte Elisa sie veräppeln? Mila sah sich rasch um. Schauten die anderen vielleicht zu?

„Na los!“, rief Elisa und machte es selbst vor. Sie nahm Anlauf und sprang durch die Seitenteile.

Mila lachte und rannte los. Natürlich war es kein Problem, die kleine wellenförmige blaue Latte zu überspringen.

„Warum machen wir das denn?“, wollte Mila wissen.

Elisa deutete auf das Hindernis. „Aus irgendeinem Grund hast du dir Panik vor dem Oxer eingeredet. Ist da mal was passiert?“

Mila zuckte mit den Schultern. „Nicht wirklich. Ich habe immer das Gefühl, dass Adesso sich an den Hinterbeinen verletzen könnte, wenn das Hindernis so breit ist.“

Elisa nickte. „Du hast Angst. Und Adesso spürt das. Ich habe euch beobachtet. Adesso hat unglaubliche Anlagen. Ihm bereitet das Springen nicht wirklich Sorgen. Aber ihr habt so eine enge Beziehung. Du prägst ihn total. Da wird er natürlich nervös, wenn er spürt, dass du Angst hast.“

Mila nickte. Daran hatte sie auch schon gedacht.

Beim zweiten Mal hängte Elisa mit Mila die unterste Stange ein.

„Noch mal!“, rief sie.

Mila stellte sich vor den Oxer, nahm Anlauf und sprang hinüber. Es machte Spaß!

Nun hob Elisa die Stange wieder heraus und hängte sie mit Milas Hilfe ganz unten zwischen die hinteren Elemente.

„Jetzt musst du ein bisschen hoch springen und gleichzeitig fast einen Meter weit“, erklärte Elisa.

Natürlich war auch das kein Problem, aber plötzlich ergriff Mila der Ehrgeiz. So elegant und hoch wie sie konnte, sprang sie über das Hindernis!

„Bravo!“, lobte Elisa. „Mila überwindet den Oxer mühelos!“

Sie lachten.

„Ich will dich ja nicht als Springerin trainieren, daher genügt das erst mal“, meinte Elisa. „Jetzt bauen wir alles vollständig zusammen.“

Nach kurzer Zeit stand das Hindernis in seiner ganzen Pracht vor ihnen.

„Jetzt sieht es wieder so riesig aus“, meinte Mila.

Aber Elisa lief mit ihr um das Hindernis herum. Sie strichen über die Stangen, ließen sie zu Boden fallen. Sie betrachteten den Oxer ausgiebig – erst auf dem Boden liegend. Dann im Sitzen. Von links, rechts, vorne, hinten. Dann holte Elisa eine Trittleiter und Mila musste sich oben draufsetzen. Kaum betrachtete Mila das blaue Hindernis von oben, begann ihr Herz wieder schneller zu schlagen.

„Einfach sitzen bleiben“, riet Elisa. „Ich hol uns mal was zu trinken.“

So saß Mila ganz allein auf einer Trittleiter in der Halle. Und weil so gar nichts passierte, wurde ihr Herzschlag wieder langsamer. Irgendwann konnte

Mila den Oxer ganz ohne Herzklopfen ansehen. Und plötzlich war die große Angst verschwunden.

Als Elisa zurückkam und Mila ein Glas Orangensaft reichte, lächelte Mila sie an.

„Hast du noch Zeit, um mit Adesso zu üben?", fragte sie.

Elisa strahlte. „Aber hallo!"

Mila ließ Adesso zuerst mal das Hindernis umrunden und beschnuppern. Anschließend ritten sie sich warm und sprangen danach – erst ohne Stangen, dann mit einer, zwei – und schließlich hörte Mila sich sagen: „So, Elisa, jetzt auch die hintere." Sie legten die Stange ein.

Mila schwang sich auf Adessos Rücken und spürte zufrieden, wie gelassen sie war. Adesso fühlte es offenbar auch, denn er trabte los, als wäre es ein Sonntagsspaziergang. Ruhig und rhythmisch ritten sie eine Wendung. Doch plötzlich fühlte Mila wieder ihren schnellen Herzschlag. Sie überlegte, ob sie dennoch springen sollte, entschied sich aber dagegen. Sie lenkte Adesso zu Elisa an den Rand.

„Absolut okay", fand Elisa. „Es kann nicht alles in der ersten Stunde klappen. Du weißt ja jetzt, wie du üben kannst."

Mila nickte, aber sie fühlte sich geknickt.

Elisa griff Adesso in die Mähne. „Braves Pferdchen. Deine Reiterin lernt das noch, keine Sorge."

Da musste Mila lachen. Und dann wurde ihr klar, dass sie heute einen großen Schritt geschafft hatte.

„Pass auf", sagte sie grinsend. „Bald kannst du Geld für Nachhilfestunden nehmen!" Sie bedankte sich ausgiebig für Elisas Hilfe und versprach, ihr bald von den Fortschritten zu berichten.

Ein wenig später sah Mila Elisa beim Training zu. Sie stellte bewundernd fest, wie viel erfahrener und sicherer die ältere Schülerin ritt. Es wirkte sehr professionell und Elisa hatte eine perfekte Körperhaltung.

Als sich Michel neben sie stellte, war Mila froh, jemandem von ihrer Reitstunde erzählen zu können. Michel hörte geduldig zu.

„Wenn ich aber meine Angst auf Adesso übertrage …", endete Mila, „das ist doch schrecklich!"

Michel schwieg kurz, bevor er antwortete.

„Ich denke nicht, dass du bei Adesso Angst auslöst. Eher spürt er deine Furcht und ist dadurch angespannt. Er nimmt mehr wahr und achtet auf alle Kleinigkeiten. Deine Nervosität ist für ihn ein Signal, dass vielleicht Gefahr droht. Das ist doch okay." Er sah Mila in die Augen. „Vielleicht würden Pferde sich nicht für ständiges Training entscheiden. Eigentlich wollen wir ja auch nicht jeden Tag in die Schule, oder? Aber die Pferde haben auch Spaß." Michel deutete auf den nächsten Reiter, der galant ein Hindernis nahm. „Siehst du Thomas dort? Schau dir nur an, wie sein Pferd springt. Es hat eindeutig Lust dazu. Es sprüht ja geradezu vor Muskelkraft und Vergnügen. Wir haben halt die Verantwortung, auf die Pferde zu achten und sie nicht zu überfordern oder zu irgendetwas zu zwingen."

Das war eine lange Rede für Michel gewesen. Mila lächelte ihn dankbar an. Sie blickte zu Luke, der aufmerksam jede Bewegung seiner Schüler beobachtete. Mila kam zu dem Schluss, dass die Pferde es auf dem Internat sehr gut hatten.

Dann fiel ihr ein, dass sie Michel noch nach den Geldsorgen fragen wollte. Und warum er nicht an den Reitstunden teilnahm. Sie holte Luft – da kam Charly.

„Hey, ihr zwei!", rief sie fröhlich. „Macht ihr immer noch Schau-Lernen? Jetzt ist aber mal Schluss. Spielen wir ein bisschen Federball?"

Michel schüttelte den Kopf. „Macht ihr mal, ich habe noch zu tun", sagte er.

Mila legte kurz die Hand auf seinen Arm. „Danke noch mal."

Als Michel ein Stück weit weg war, grinste Charly bis über beide Ohren. „Na, der ist für den Rest des Tages glücklich, was?"

Mila sah sie verständnislos an. „Warum?"

„So wie der strahlte, als du seinen Arm berührt hast ..."

Mila fühlte verwirrt in sich hinein. War sie auch glücklich? Ja, wegen des Oxers. Und weil sie für sich die Entscheidung getroffen hatte, dass Springreiten für die Pferde okay ist. Aber wegen Michel?

Nein, da war nichts.

Kleine Glücksmomente

Dagegen flatterte es sehr in ihrem Magen, als sie am nächsten Tag einen Ausritt ans Meer machte. Nach einem gemächlichen Hinritt trieb Mila Adesso in die Wellen. Der Wind blies heftig und wuschelte Milas offene braune Haare ebenso durcheinander wie Adessos Mähne. Sie trieb Adesso an und sie galoppierten durch den nassen Sand. Gemeinsam flogen sie nur so dahin, kühle Tropfen spritzten Mila ins Gesicht. Sie waren wie ein einziges Lebewesen, das die Kraft des Lebens in sich spürt – Mila fühlte sich frei und glücklich bis in die Haarspitzen.

Schließlich wurden sie langsamer und atmeten tief durch.

Ein Rufen drang an Milas Ohr und als sie den Kopf wendete, entdeckte sie Jan am Rand der Dünen. War sie schon so weit geritten? Tatsächlich, das war der Holzbohlenweg, der zum Islandgestüt führte!

Langsam trabte Mila mit Adesso auf Jan zu. Er war dabei, einige Bohlen des Holzweges durch neue zu ersetzen.

„Hey, Mila!“, rief er erfreut.

„Hi! Was machst du denn?“

Jan reckte sich. „Ich tausche die alten Bretter aus, bevor die Sommergäste zu uns kommen. Es soll ja keiner Splitter in die Füße bekommen. Und du?“

Mila zuckte mit den Schultern. „Ach, ich bin einfach so ausgeritten.“

Jan schmunzelte. „Ja, das habe ich gesehen. Das war echt beeindruckend, Mila. Es sah aus, als würdet ihr gleich losfliegen. Richtig schwerelos!“

Milas Herz hüpfte vor Freude. Was für ein Kompliment!

„Komm, wir gehen rüber zum Gestüt“, sagte Jan. „Ich kann eine Pause gebrauchen.“

Sie ruhten sich an einem Gartentisch aus, der direkt neben der Haustür stand. Mila blickte zu Adesso, der auf der Weide friedlich am Gras zupfte.

Jan grinste. „Also, nach dem, was ich da eben gesehen habe, gebe ich zu: Manches scheint den Pferden doch zu gefallen. Der Meeresgalopp sah sehr nach Spaß für Adesso aus.“

Mila nickte. „Ja, er mag es gern, wenn er sich so richtig auspowern kann. Wenn Pferde tanzen könnten, wäre er der Star jeder Disco.“

Jan lachte schallend. „Das ist ja mal ein toller Vergleich!“

Anna kam heraus. „Hallo!“ Jans Mutter hatte die gleichen braunen Augen wie Jan und strahlte Mila an. „Schön, dass du uns besuchen kommst. Maracujaschorle?“

Mila nickte. „Ich wäre gern ein Sommergast bei dir, Anna. Es sieht so einladend aus!“

„Danke“, meinte Anna. „Es dauert ja noch bis zu den Ferien. Obwohl – Familien mit Kleinkindern kommen schon eher und es ist dieses Jahr ziemlich warm. Mal sehen, wann es so richtig losgeht.“

Jan erzählte seiner Mutter von dem grandiosen Ausritt am Strand.

Anna lächelte. „Ich würde es zu gern auch einmal sehen. Du scheinst wirklich eine tolle Freundschaft mit deinem Pferd zu haben. So etwas habe ich erst einmal erlebt. Ich bin ja nicht so für Pferdesport, genau wie Jan – aber das hat er dir sicher schon erzählt? Er nervt ja sogar Nicht-Reiter damit!“

Jan rollte verärgert mit den Augen und Mila musste kichern.

„Auf dem Internat machen sie es weitgehend optimal, soweit ich das mitbekomme“, versicherte Anna. „Ich finde, es geht noch besser – nämlich indem man die Pferde einfach als Familienmitglieder sieht. Sie dürfen ihre Meinung haben und selbst entscheiden, was sie tun möchten.“

Mila sah zu der Weide mit den Islandponys hinüber. Es war keine langweilige Wiese, sondern es gab für die neugierigen Tiere viel zu entdecken, Baumstämme zum Anknabbern, Hecken und Sträucher, durch die Wege führten, und so manches Pferdespielzeug. Außerdem war die Weide riesengroß.

„Ein richtiger Pferdespielplatz“, meinte Mila.

Sie redeten noch eine Weile miteinander, dann verabschiedete Mila sich. „Ich muss heute Abend mit meiner kleinen Cousine Tini eine Überraschung für das Kirschblütenfest vorbereiten. Kommst du auch zum Fest?“

Anna wiegte den Kopf hin und her. „Ich werde versuchen, es einzurichten“, sagte sie.

„Ich auch“, meinte Jan großmütig.

„Von wegen!“, lachte Mila. „Du hilfst gefälligst kräftig bei den Vorbereitungen mit!“

Dann ritt sie zurück ins Internat.

Beim Stall empfing Mila eine aufgeregte Tini.

„Da bist du ja“, rief sie und stürmte auf Mila zu. „Wo warst du denn? Wir müssen anfangen – JETZT!“

„Warte“, wehrte Mila lachend ab. „Ich muss erst mal Adesso versorgen und mich umziehen.“

„Aber das wird zu spät“, jammerte Tini.

„Ach was. Du hast es doch mit einer echten Meisterbäckerin zu tun“, versicherte Mila ihr. „Da sind ein paar Plätzchen kein Problem.“

„Echt?“

„Aber ja. Backen im Handumdrehn – du solltest mal die Mila seh'n!“

Tini zog die Nase kraus. „Na, hoffentlich werden die Kekse besser als die Reime“, murmelte sie und stapfte in Richtung Wohnhaus.

Als Mila in die Küche kam, stand Tini schon mit Schürze auf einem kleinen Hocker und angelte im Hängeschrank nach dem Backpulver.

Mila half ihr. Dann betrachtete sie staunend, was Tini schon alles bereitgestellt hatte.

„Fünf Kilo Mehl, fünf Kilo Zucker, dreißig Eier – dreißig Eier, Tini? Wie viele Kekse willst du denn backen?“

Ihre Cousine zuckte mit den Schultern. „Wer weiß. Außerdem geht bestimmt was schief und wir müssen neuen Teig zusammenmischen.“

„Ach, was soll denn da schiefgehen?“, fragte Mila und griff nach der Schürze. Die Schürzentasche blieb an einer Mehltüte hängen und als Mila sich die Schürze über den Kopf zog, fiel die Tüte zu Boden und platzte – POFF!

„Ups“, machte Mila.

„Siehste“, meckerte Tini.

Sie lachten und fegten das Mehl wieder auf. Und danach ging es endlich los. Mila wog die Zutaten ab, die Tini ihr reichte. Sie nahmen gleich die doppelte Portion. Jede von ihnen knetete eine dicke Teigkugel daraus, die sie in den Kühlschrank legten. Dann machten sie gleich noch zwei Portionen fertig – diesmal mit Kakao.

„Das werden Schoki-Hufeisen“, jubelte Tini und naschte beim Kneten so fleißig, dass Mila mit ihr schimpfen musste. Auch diese Teige kamen in den Kühlschrank.

Die Tür ging auf, als Mila und Tini den ersten Teig ausrollten.

„Nein“, rief Tini entsetzt. „Das ist eine Überraschung!“

Frau Käthe stemmte die Hände in die Hüften. „Aber Süße – ich werd doch wohl mal probieren dürfen?"

Tini lief rasch zu ihr hinüber und umarmte sie. „Du darfst alles, Tante Käthe!" Sie knüllte ein Stück Teig zur Kugel und steckte es in den Mund der gutmütigen Köchin. Frau Käthe kaute und kaute – und schmunzelte. „Mmh, der ist ausgezeichnet! Weiter so!" Dann ging sie wieder.

Den Rest des Abends blieben Mila und Tini allein und backten und backten und backten – bis sie wirklich keine Lust mehr hatten. Den letzten pflaumengroßen Teigklumpen naschten sie gemeinsam. Ihre Hände waren klebrig, die Haare auch. Ihnen war heiß und schwitzig und überall war Mehl. Aber sie hatten zweihundert Hufeisenkekse gebacken.

„Toll, oder?", schmatzte Tini.

Mila nickte. „Wenn nur das Aufräumen nicht wäre ..." Sie gähnte und reckte sich. „Ich würde am liebsten nur noch duschen und ins Bett fallen."

„Dann dürft ihr das jetzt tun", sagte Frau Käthe, die genau im rechten Moment zur Tür hereinkam. Sie schob die beiden Mädchen hinaus und rief: „Ab ins Bett, ihr fleißigen Bienchen!"

Lachend liefen Mila und Tini davon. Ach, die gute Frau Käthe!

Inzwischen durfte Nele wieder an den Reitstunden teilnehmen. Mila hatte gesehen, wie aufmerksam sie sich in der Zwangspause um Fairy gekümmert hatte: Nele hatte sie gepflegt und umsorgt und ganz viel nachgeholt, wozu vorher keine Zeit gewesen war. Nun ritt sie bei ihrem ersten Training nach der Pause erstaunlich schüchtern heran und sah kaum auf.

„Hallo, Nele, schön, dass du wieder mitmachst“, meinte Luke.

Nele nickte stumm.

„Dass der mal was peinlich ist“, murrte Mark.

„Psst!“ Charly stieß ihn in die Seite.

„Nele, du reitest heute bitte sehr langsam“, riet Luke. „Ein bisschen wie in Zeitlupe. Für die kommenden Trainingsstunden gilt das auch. Wir werden den Druck bei dir und Fairy komplett rausnehmen, damit ihr euch von Grund auf regenerieren könnt. Solltest du mit uns zu dem Schluss kommen, dass du nicht an der Prüfung teilnehmen möchtest, kannst du sie später machen.“

Nele nickte und trabte los. So entspannt war sie selten geritten.

„Man kann merken, dass sie Zeit mit ihr verbracht hat“, raunte Mila Charly zu.

„Nele mit Fairy oder die Stute mit ihr?“, fragte Charly grinsend zurück.

Mila fand, Nele war wie ausgewechselt – und Fairy ebenso. Sie ritten fast gemütlich durch den Parcours, nahmen die Hindernisse locker und Nele lachte sogar, als Fairy eine Stange riss.

Die anderen rissen ungläubig die Augen auf.

„Nele, das sah super aus!“, rief Mila, als die beiden fertig waren.

„Das würde ich auch sagen“, stimmte Luke zu.

Gelöst sprang Nele von Fairys Rücken. „Danke, es hat sich auch gut angefühlt“, meinte sie.

„Slow Motion“, neckte Jakob sie. „Hab ich dich nicht sogar gähnen sehen, Nele?“

Mila zog den Kopf ein. Gewiss würde Nele jetzt ihre spitze Zunge ausfahren. Doch nanu? Nele grinste! „Gähnen muss ich nur, wenn ich dir zusehe!“, gab sie zurück.

Alle sahen Nele verdutzt an. Dann lachten sie befreit auf.

Neue Sorgen um Michel

Voller guter Vorsätze lief Mila einen Tag später in den Stall – sie hatte beim Spindaufräumen neulich entdeckt, dass dort dringend ausgemistet werden musste. Wer auch immer so viel Schokoriegelverpackungsmüll dort hineingelegt hatte … von ihr konnte das unmöglich stammen! Auf dem Weg zum Spind entdeckte sie, dass die Tür zu Adessos und Renates Box nicht korrekt geschlossen war. Erschrocken huschte sie hinüber – da kam Michel aus der Box!

Mila zuckte zusammen.

„Meine Güte, hast du mich erschreckt“, keuchte sie. „Was machst du denn hier?“

Michel grinste.

„Sag ich nicht.“

Mila bohrte weiter. „Hast du Adesso gefüttert?“

„Nein. Das mach mal schön selber“, lachte Michel. Dann schob er sich an Mila vorbei und ging pfeifend davon.

Mila zog die Augenbrauen zusammen. Rasch sah sie Adesso und Renate an. Dann betrachtete sie die Box gründlich. Was hatte Michel nur hier gewollt? Bei Mila schrillten alle Alarmglocken. Immer musste Michel so eine Heimlichtuerei veranstalten! Mila war das nicht geheuer. Adessos Hufe waren jedenfalls in Ordnung – und Renates auch. Unruhig schloss Mila die Boxentür und widmete sich danach ihrem Spind. Dabei konnte sie nicht aufhören, sich zu wundern. Was hatte Michel nun schon wieder vor?

Nach einer halben Stunde Spindaufräumen und gleichzeitigem Grübeln rauchte Mila der Kopf. Sie hatte auch über die Geldsorgen nachgedacht. Zum Glück lief ihr jetzt Herr Gründgen über den Weg.

„Na, Mila, alles in Ordnung?“, fragte er und stellte seine Schubkarre ab.

„Ja, das heißt …“ Mila überlegte, ob es unfair gegenüber Michel war, Herrn Gründgen auszufragen – machte es dann aber doch: „Herr Gründgen, warum nimmt Michel eigentlich nicht an den Reitstunden teil?“

Herr Gründgen hob seufzend die Schultern. „Ach, Mila, leider können wir uns das einfach nicht leisten. Weißt du, das Internat ist eben keine normale Reitschule. Es ist eine Elite-Akademie für besonders begabte Reiter. Die Trainer und der Unterricht, die Ställe, das Futter – alles von höchster Qualität. Und Qualität kostet nun einmal Geld.“ Er strich Mila freundlich über den Arm. „Ich gönne euch das von Herzen – aber meinem Michel kann ich das leider nicht ermöglichen. Manchmal laufen die Dinge anders, als ich es mir wünsche. Besonders zurzeit.“

Mila wusste nicht, was sie dazu sagen sollte.

„Schon gut, Mila", meinte Herr Gründgen. „Michel kennt alles hier von klein auf. Er darf in der Nähe so vieler toller Pferde sein, beim Pflegen und Füttern helfen – da hat er ein goldenes Händchen, wie du ja weißt." Er schmunzelte. „Und er reitet ja auch die Schulpferde ab und zu. Das genügt ihm, ehrlich."

Damit griff er nach seiner Schubkarre und schob sie zum Stallausgang.

Mila stöhnte. Das klang ja schrecklich! Sie war sich sicher, dass Michel das nicht genügte. Nur würde er seinem Vater gewiss niemals ein schlechtes Gewissen deswegen machen. Er war eben ein echt feiner Kerl. Sie seufzte. Am liebsten hätte sie das alles gar nicht so genau gewusst.

Bis zum Abend ließen Mila die vielen Gedanken über Michel nicht los. Sie hatte das Gefühl, sie abschütteln zu müssen, um schlafen zu können. Aber mit wem sollte sie darüber reden? Michel selbst wäre sicher enttäuscht, dass sie nicht gleich zu ihm gekommen war. Und den anderen wollte Mila nichts erzählen, das käme ihr wie Verrat vor.

Schließlich besuchte Mila den einzigen Menschen, der ihr als stets verständnisvoller und kluger Ratgeber einfiel: Frau Steinbach.

Die Direktorin sah überrascht auf, als Mila nach dem Abendessen ihr Büro betrat.

„Hallo, Mila", sagte sie. „Setz dich doch." Sie erhob sich und wies auf das kleine Ledersofa vor dem Bücherregal, auf dem sie nun auch selber Platz nahm. Mila setzte sich neben sie.

„Was ist denn, hast du Sorgen?“, fragte Frau Steinbach.

Mila versuchte, ihre Gedanken zu ordnen – und dann sprudelte alles aus ihr heraus. Sie erzählte von Michels schwerem Stand zwischen den anderen Schülern. Von seinem guten Riecher bei Fairys Hufen. Von den Geldsorgen, von ihrem Verdacht, als er damals Fotos in Fairys Box gemacht hatte. Dann begann sie zu weinen.

„Und nun habe ich ihn bei Adesso in der Box gesehen und misstraue ihm schon wieder“, schluchzte Mila ganz verzweifelt. „Dabei ist er immer so nett und tut niemandem etwas. Warum ist das nur alles so kompliziert?“

Frau Steinbach nahm Mila tröstend in die Arme.

Erst, als ihr Schluchzen abebbte, ließ Frau Steinbach Mila los und reichte ihr ein Taschentuch.

„Es ist gut, dass du mit mir darüber sprichst“, meinte Frau Steinbach. „Solche Sorgen sollte niemand allein mit sich herumtragen.“

Mila nickte und trötete in das Taschentuch.

„Michel ist ein ruhiger Junge“, begann Frau Steinbach. „Ruhige Menschen verraten nicht viel über sich. Deshalb suchen wir selber nach Erklärungen für ihr Verhalten. Am besten wäre es sicher, wenn du Michel selbst fragen würdest. Ich kenne Michel nun schon sehr lange und habe nicht den leisesten Zweifel an seiner Aufrichtigkeit. Du kennst ihn erst seit Kurzem.

Es dauert, bis eine Freundschaft fest und sicher ist. Du musst Geduld haben." Frau Steinbach sah Mila in die Augen. „Was sagt dein Bauchgefühl zu Michel? Seinem Bauchgefühl kann, man immer vertrauen."

Mila lächelte. „Mein Bauch sagt, dass er der beste Freund ist, den man sich wünschen kann und dass alles okay ist", antwortete sie.

„Das glaube ich auch", erwiderte Frau Steinbach lächelnd. „Übrigens habe ich Michel schon sehr oft vorgeschlagen, an den Reitstunden teilzunehmen. Es gibt Förderprogramme und viele Möglichkeiten, die Finanzierung zu regeln. Aber er möchte das nicht. Ich glaube fast, er ist zu stolz, mein Angebot anzunehmen. Genau wie sein Vater."

Mila nickte.

„Von Geldproblemen weiß ich nichts", fuhr Frau Steinbach fort. „Ich werde mit Herrn Gründgen darüber sprechen. Sollte es der Fall sein, werde ich mit ihm eine Lösung finden – aber da musst du dir keine Sorgen machen. Für irgendetwas müssen Erwachsene ja auch gut sein, nicht wahr?"

Frau Steinbach stand auf und sah aus dem Fenster zu den Koppeln hinüber. „Michel ist ein Glücksfall für das Internat", erklärte sie. „Wusstest du, dass er sich in den Ferien um die Schulpferde kümmert? Wenn alle Schüler bei ihren Eltern daheim sind, reitet er die Pferde aus, entwöhnt sie vom harten Training. Dann pflegt er sie und gönnt ihnen Erholung – und kurz vor Schulbeginn bringt er sie wieder auf Trab." Frau Steinbach lachte. „Ups, Pferde-Wortspiel!"

Mila lachte mit – und staunte. Über das, was Frau Steinbach da erzählte, hatte sie noch gar nicht nachgedacht. Und plötzlich hatte sie eine Idee.

„Kann Michel nicht Pferdinand bekommen?“

Frau Steinbach sah sie fragend an.

„Na, Pferdinand ist doch noch keinem Schüler zugewiesen, seit Nele wieder auf Fairy reitet. Michel könnte ihn doch in den Springstunden trainieren – zumindest bis zu den Sommerferien!“ Mila strahlte so sehr, dass Frau Steinbach lachen musste.

„Ich habe nichts dagegen“, meinte sie. „Aber ob Michel da mitmacht, weiß ich nicht!“

Mila knabberte auf ihrer Unterlippe. „Ich denke, ich habe schon einen Plan.“ Sie ergriff stürmisch Frau Steinbachs Hand und schüttelte sie heftig. „Vielen Dank, Frau Steinbach. Sie sind die beste Direktorin aller Zeiten!“

Und schon rannte sie aus dem Büro hinaus.

Doch an diesem Abend wurde nichts mehr aus ihrem Plan. Mila hatte nicht bemerkt, wie die Zeit vergangen war. Jetzt war schon Ruhestunde – auf den Fluren war es still und niemand begegnete ihr auf dem Weg in ihr Zimmer. Mila konnte nur noch zu Bett gehen.

Schlafen konnte sie jedoch lange nicht.

Mila explodiert

Der nächste Morgen begann daher mit viel Gegähne.

„Meine Güte, hast du gestern Nacht noch eine Party gefeiert?“, ärgerte Charly Mila beim Frühstück.

„Ja, mit Frau Steinbach“, antwortete Mila.

Alle lachten, doch niemand glaubte ihr. Na, eine Party war es ja auch nicht gewesen.

„Gleich bist du sicher schlagartig hellwach“, feixte Franzi.

„Warum?“ Mila schob sich einen Löffel Müsli in den Mund.

Franzi grinste. „Sie hat es vergessen.“

„Sie hat keine Ahnung“, meinte auch Charly. „Mensch Mila, heute bekommen wir doch die Tests zurück!“

Mila wurde blass. Ach du liebes bisschen! Das hatte sie wirklich vergessen. Sogleich drehte sich ihr Magen wie eine Waschtrommel und sie schob die volle Müslischale fort. Ebenso, wie sie Prüfungen nicht ausstehen konnte, hasste sie die Verkündung von Testergebnissen. Welche Qual!

In der Schule saß Mila mit zitternden Knien an ihrem Tisch.

„Ach komm, Mila", tröstete Charly sie. „Du bist doch gut. Deutsch ist total dein Fall."

„Ja, aber Mathe und Englisch", stöhnte Mila.

Tante Caro hob ihre Hand und bat um Ruhe. „Die einzelnen Arbeiten bekommt ihr in der jeweiligen Unterrichtsstunde zurück", erläuterte sie. „Um euch jedoch nicht unnötig auf die Folter zu spannen, haben wir für jeden Schüler alle Noten auf einem Ergebnispapier zusammengefasst – diese Zettel werde ich jetzt austeilen."

Sie hob einen Zettel hoch und nannte den ersten Namen. Ein Schüler aus dem Dorf stand auf und ging nach vorn.

Mila sank das Herz in die Hose. Als sie schließlich an der Reihe war, starrte sie auf ihr Blatt. Die Zahlen verschwammen vor ihren Augen. Dann, endlich, fing ihr Gehirn an zu lesen:

Mathematik: 3+
Deutsch: 1-
Englisch: 2

Mila sprang auf. „Englisch zwei – ich habe in Englisch 'ne Zwei!", jubelte sie. „Und in Mathe sogar eine Drei plus! Tschakka!" Sie reckte die Faust. Dann hielt sie inne. Alle starrten sie an. Mila wurde rot. „Ups, Entschuldigung!" Sie setzte sich rasch wieder. Aber nun fingen auch die anderen Schüler an zu reden und sich zu freuen. Oder ihrer Enttäuschung laut Luft zu machen.

Mila nahm ihren Zettel wieder zur Hand.

Physik:	*3*
Geschichte:	*2*
Chemie:	*3-*
Reli:	*2+*
Reitprüfung:	*4-*

Mila schluckte. Eine Vier? Ach herrje. Das war nicht so prima. Immerhin war dies ein Pferdeinternat. Aber sie wusste, dass sie dafür am wenigsten gelernt hatte. Jemand legte ihr die Hand auf den Arm. Es war ihre Tante. Sie kniete sich neben Mila.

„Mach dir nichts draus, Mila“, sagte sie aufmunternd. „Dir fehlt eine Menge theoretischer Unterricht, das holst du bald auf.“

Mila schaute sie zweifelnd an. „Meinst du?“

„Natürlich. Du bist immerhin *meine* Nichte!“, antwortete Tante Caro.

Sie ließ ihre Schüler den Rest der Stunde miteinander diskutieren und Ergebnisse austauschen. Dafür hätte Mila sie knuddeln können. Aber sie ging lieber rasch zu Michel.

„Danke für die Nachhilfe“, sagte sie. „Eine Drei plus hatte ich das letzte Mal in der dritten Klasse, glaube ich.“

Michel grinste. „Ach, du hast doch bloß bei mir abgeschrieben!“

Mila lachte und gab ihm eine Kopfnuss. Eine ganz kleine natürlich. Sie linste auf Michels Blatt. „Da stehen ja nur Einser drauf!“, rief sie fassungslos.

„Das stimmt nicht“, gab Michel zurück. „In Chemie habe ich eine Zwei.“

Mila starrte das Blatt an. „*So was* habe ich noch nie gesehen!“

Rasch lief sie weiter – waren die etwa alle so gut? – und wurde schnell beruhigt. Nele war natürlich perfekt – sie hatte ebenfalls lauter Einsen und nur eine Zwei in Religion. Charly hatte ähnliche Zensuren wie Mila – aber in der Reitprüfung eine Zwei. Franzi war überwiegend gut, Jakob und Jan auch. Nur Mark hatte lauter Dreien und Vieren, was Mila erstaunte – sie hatte immer gedacht, er sei genauso gut wie sein Zwillingsbruder Jakob.

Mila seufzte. „Ich bin die Einzige, die eine Vier in der Reitprüfung hat. Eine Vier minus!“

„Ach, das ist doch nicht so wichtig“, meinte Jan. „Ist doch wurscht, ob du alle Fachbegriffe kennst – solange es dem Pferd gut geht!“

Aber da hatte er Mila auf dem falschen Fuß erwischt. Sie drehte sich zu Jan um. „Nicht so wichtig? Na klar, *dir* ist es nicht wichtig! Aber du hast ja auch keine Ahnung – von überhaupt gar nichts!“ Sie spürte, wie die Wut in ihr hochwallte, und funkelte ihn zornig an.

Jan funkelte zurück. „Ah, das ist doch typisch. Dieses ganze technische Zeug, das ist dir wichtig. Aber Pferde sind lebendige Wesen, da kommt es auf die

Gefühle an! Nur mit Gefühlen kennst du dich wohl nicht so aus!“

Da flippte Mila aus. Sie brüllte „Was weißt du schon von mir!“ und schlug zornig gegen Jans Griffelmappe, die auf dem Tisch lag und nun durch die Luft sauste – mitten in Jans Gesicht.

„Mila!“, donnerte es so laut von der Tafel, dass Mila sich erschrocken umdrehte.

„Das wollte ich nicht!“, rief sie und hob abwehrend die Hände. Dann wandte sie sich wieder zu Jan, um sich zu entschuldigen. Doch der war bereits aus der Klasse gestürmt. Mila wollte ihm nachlaufen, aber Tante Caro hielt sie zurück.

„Lass ihn sich erst einmal beruhigen“, meinte sie. „Geh bitte sofort zu Frau Steinbach, solches Verhalten dulde ich nicht. Ich muss mich jetzt um die Klasse kümmern.“

Zerknirscht schlich Mila aus dem Klassenraum.

Wie ein Häufchen Elend saß sie kurz darauf in Frau Steinbachs Büro.

Die Direktorin war bereits telefonisch von Milas Tante informiert worden. Sie sah Mila ernst an. „Ich gehe davon aus, dass das keine Absicht war?“, hakte sie nach.

„Natürlich nicht“, antwortete Mila leise. „Ich bin manchmal so … wütend. Es tut mir schrecklich leid und ich würde gerne zu Jan und mich entschuldigen. Es … es kommt ganz bestimmt nicht wieder vor!“

Frau Steinbach wiegte den Kopf. „Ja, ich glaube, du wirst dich bemühen. Du scheinst ein aufbrausendes

Temperament zu haben und du solltest lernen, es zu zügeln, damit du niemandem wehtust. Ob mit Federmappen oder mit Worten."

Mila nickte.

„Ich denke, Jan braucht etwas Ruhe. Und ich denke ebenso, dass *du* Ruhe brauchst – und etwas, was dich eine Weile beschäftigt. Bitte geh nach dem Mittagessen direkt zu Herrn Gründgen. Er muss einige Zäune streichen, dabei kannst du ihm helfen. An der Reitstunde nimmst du heute nicht teil – aber du darfst nach dem Zaunstreichen zu Jan reiten. Einverstanden?"

Mila lächelte zaghaft. „Danke, Frau Steinbach."

Sie ging aus dem Büro und schloss leise die Tür.

Was hatte sie sich da wieder eingebrockt!

Und warum zum Pferdemist hatte Jan eigentlich kein Handy? Blöder Naturbursche!

Sehr schweigsam und kleinlaut ging Mila in den Unterricht zurück. Sie wagte kaum, die anderen anzuschauen – obwohl die meisten ihr aufmunternd auf die Schulter klopften und Charly ihr nicht von der Seite wich.

Hunger hatte Mila gar nicht, deshalb lief sie gleich nach der Schule zu Herrn Gründgen.

Der reichte ihr ohne viele Worte einen Pinsel und einen Topf mit grüner Farbe. Er zeigte ihr, welchen Zaun sie streichen sollte – und schon bald hockte Mila auf einem alten Eimer und zog langsam eine Farbbahn nach der anderen.

Frau Steinbach sollte recht behalten: Es war unglaublich beruhigend – und schon bald ging es Mila besser. Sie schämte sich immer noch für ihr Verhalten, aber ihr Herz war nicht mehr ganz so schwer.

Und als Herr Gründgen eine Stunde später zu ihr kam und ihr mit den Worten „Na, du siehst ja schon deutlich besser aus" eine Brezel reichte, biss sie gierig hinein.

„Ja, danke."

Inzwischen hatte sie reichlich Hunger bekommen und Frau Käthes frische Brezeln schmeckten einfach wundervoll.

„Wir machen alle mal Fehler", meinte Herr Gründgen. „Das gehört zum Leben dazu."

Mila lächelte ihn dankbar an. Und als er sie fragte, ob sie genügend gestrichen hatte, um sich besser zu fühlen, nickte sie lachend.

„Dann lauf los und mach irgendwas Gutes", sagte Herr Gründgen freundlich.

„Worauf Sie sich verlassen können", versicherte Mila.

Und schon kurze Zeit später ritt sie auf Adesso den Weg zu den Dünen hinauf.

Leider war Jan nicht da. Mila brauchte eine Weile, um seine Mutter zu entdecken, die eine Ferienwohnung sauber machte.

„Nein, ich weiß auch grad nicht, wo er steckt", meinte Anna. „Möchtest du mit mir einen Tee trinken?"

Mila schüttelte betrübt den Kopf. „Nein, danke. Aber ich schreibe ihm in der Küche einen Zettel, wenn das in Ordnung ist?“

„Natürlich. Du weißt ja, wo alles ist – bedien dich!“

Mila lief in die gemütliche Hofküche und griff sich einen Stift und einen bunten Notizzettel. Sie überlegte kurz, dann schrieb sie einfach drauflos:

Hey Jan,
Gefühle kenne ich sehr gut.
Meist sind es allerdings zu heißblütige.
Verzeih mir.
Mila

Mila faltete den Zettel, schrieb „an Jan“ darauf und legte ihn mitten auf den Küchentisch. Sie war sich sicher, dass Anna ihn nicht lesen würde. Dann ritt sie bedrückt ins Internat zurück.

Überall Mauern und Geheimnisse

Michel hatte Mila über all ihre Jan-Sorgen vergessen. Während sie Adesso absattelte, fiel er ihr wieder ein.

Sie beeilte sich, Adesso zu striegeln, und machte sich dann rasch auf zum Büro – vielleicht war Michel ja dort? Aber im Büro saß niemand. Dafür hörte Mila ein Geräusch hinter sich. Sie lief wieder in den Gang und sah Michel in schnellem Schritt davoneilen. Gleichzeitig fiel ein Brief aus Herrn Gründgens Kittel, der an der Garderobe hing.

Mila hob den Brief auf und wollte ihn in die Tasche zurückstecken. Doch sie hielt inne. War Michel so rasch fortgelaufen, weil er den Brief gelesen hatte? Mila biss sich kurz auf die Lippe – eigentlich hütete sie stets das Postgeheimnis und las keine fremden Briefe – doch das hier war ein Notfall. Mit schlechtem Gewissen öffnete sie rasch den Umschlag. Es war eine Art Rechnung … nein, eine Mahnung! Mila überflog den Text: … *den Betrag von 8.000 plus Mahnkosten umgehend auf unser Konto zu überweisen. Ansonsten sehen wir uns gezwungen* … bla, bla, bla … *Inkassounternehmen* … bla, bla, bla … *Anwalt* …

Mila verstand. Das hier war schlimm. Sehr schlimm. Eine richtig ernste Sache.

Schnell steckte sie die Mahnung wieder in den Umschlag und stopfte diesen in den Kittel zurück. Achttausend Euro – puh! Mila lief es kalt den Rücken hinunter. Arme Gründgens!

Am nächsten Morgen war Mila richtig froh, als Franzi endlich leise an die Tür klopfte. Mila war spät eingeschlafen und früh wach geworden und freute sich, ihre Anspannung beim Joggen loszulassen. Die Mädchen schlichen aus dem Haus und liefen los. Es war früh, nur die ersten Vögel zwitscherten. Die Luft war kühl und frisch. Mila atmete tief ein. Sie bogen auf den Reitweg ab, als Mila aus dem Augenwinkel eine Bewegung wahrnahm. Irgendjemand fuhr ein Stück weiter vorn mit dem Fahrrad vom Pferdeinternat weg. War das Michel? Mila sah noch einmal hin – da war die Person verschwunden. Mila gähnte. Offensichtlich hatte sie zu wenig geschlafen. Jetzt hatte sie schon Halluzinationen!

Franzi und Mila waren inzwischen recht zeitig von ihrer Joggingrunde zurück.

„Wir sollten demnächst zwei Runden laufen“, meinte Franzi und schnürte sich die Schuhe auf. Ihre Sneakers waren nach dem Sport immer voller Matsch, die konnte sie nicht in den Fluren anlassen.

„Ja, oder wir laufen durch die Dünenwege“, schlug Mila vor und zog ebenfalls die Schuhe aus.

Franzi klopfte die Sohlen aneinander. „Ich hätte nie gedacht, dass mir das Spaß machen würde“, sagte sie.

Mila ging es ebenso. „Wir werden noch richtige Sportlerinnen!“

Was so richtige Sportlerinnen sind, die haben auch richtigen Hunger. Milas Magen knurrte und sie futterte mit Franzi einen Berg Frühstück, bevor sie sich lachend zum Unterricht aufmachten.

Doch in der Schule verflog Milas gute Laune. Jan fehlte.

„Ist er krank?“, fragte sie ihre Tante.

„Ich weiß nur, dass er fehlt“, antwortete Frau Hofer.

Mila ließ die Schultern sinken. Oje – vermutlich war Jan gar nicht krank, sondern wollte sie einfach nicht mehr sehen ...

Die nächsten Tage vergingen rasch und bald dauerte es nur noch drei Tage bis zur großen Reitprüfung. Mila wurde langsam kribbelig – aber die anderen Schüler auch, das konnte sie deutlich erkennen. Vom jüngsten bis zum ältesten Jahrgang wuselten alle nervös herum. Mila hörte, wie die älteren Schüler sich über ihre Aufführungen unterhielten, und war froh, wenigstens davor kein Lampenfieber haben zu müssen. Sie hatte auch schon mitbekommen, wie der Chor probte – das allerdings hätte ihr gefallen, denn sie übten ein lustiges Stück mit Schnauben, Wiehern und Hufgeklapper. Hoffentlich war ihre Klasse im nächsten Jahr damit an der Reihe.

Bei Mila und ihren Freunden setzte ebenso hektische Betriebsamkeit ein. Es mussten noch eine Menge Dinge für die Dekoration des Festes vorbereitet werden. Ihre Kirschlampions waren wundervoll geworden. Mila und Isa hatten alle roten Lampions mit den gebastelten grünen Stielen an eine große Lichterkette gehängt. Wenn man sie anknipste, leuchteten die Kirschen richtig hübsch. Das Kirschblütenfest fand auf der alten Obstwiese statt. Die Lampions würden abends in den Obstbäumen fantastisch aussehen!

Inzwischen hatten sie noch weißen Stoff besorgt, auf den sie mit Stempelfarben und Kartoffeldruck Kirschen gedrückt hatten. Sie hatten auch leere Flaschen rot angemalt, damit sie als Vasen die Tische verzierten, und riesige Rosetten gebastelt.

Von Michel wusste Mila, dass die Jungen der Klasse mit Frau Käthe besprochen hatten, was sie für das Essen vorbereiten sollten. Immerhin kamen eine Menge Eltern zu den Prüfungen und dem anschließenden Fest. Frau Käthe hatte einen ausführlichen Plan erstellt und die Jungen für die Vorbereitungen eingeteilt.

„Ich soll Wackelpudding kochen“, erzählte Mark. „Das kann ja nicht so schwer sein.“

Jakob lachte. „An das meiste lässt Frau Käthe uns sowieso nicht ran, das macht sie lieber selber. Wir dürfen hauptsächlich die Platten und Schüsseln nach draußen tragen.“

„Ich soll immerhin beim Brezelbacken helfen. Frau Käthe hat doch tatsächlich gesagt, ich solle am besten vorher mit Knetgummi üben“, berichtete Michel.

Alle lachten. Frau Käthe war sehr anspruchsvoll, wenn es ums Essen ging!

Mark grinste. „Also, ich werde beim Kuchenbacken dabei sein. Bestimmt darf ich alle Schüsseln ausschlecken."

Da war Mila sich sicher. Aus irgendeinem Grund hatte Frau Käthe einen Narren an Mark gefressen. Ständig steckte sie ihm kleine Naschereien zu. Wenn Mila einen dritten Nachschlag wünschte, schickte sie Mark zu Frau Käthe – der bekam ihn immer.

„Dann haben wir ja alles im Griff", freute sich Mila. „Bis auf die Gummikirschen – hast du die schon besorgt, Franzi?"

Franzi schüttelte den Kopf. „Nee, ist ja noch Zeit."

Die nächste Reitstunde forderte Mila einiges ab. Sie bemühte sich, an alles zu denken, was Luke und Tamara ihr beigebracht hatten, und doch merkte Mila, dass viel davon abhing, in welcher Tagesform Adesso war. Und sie selbst natürlich auch. Heute war Adesso träge und hatte keine Lust. Es war wie in den Anfangswochen, als Adesso mit weit aufgerissenen Augen vor dem Oxer stehen geblieben war. Er weigerte sich einfach, den Oxer zu überspringen. Wieder und wieder lotste Mila ihn über die anderen Hindernisse, ritt dann eine Wendung und steuerte den Oxer an. Aber Adesso presste die Hufe in den Boden – oder ritt einfach zur Seite. Als er schließlich einmal fast abgesprungen wäre, überlegte er es sich im letzten Moment anders und wäre beinahe mitten in das

Hindernis hineingekracht. Mühsam hielt Mila sich im Sattel.

„Mila, ihr habt heute keinen guten Tag!“, rief Tamara. „Morgen wieder.“

Mila seufzte und stieg ab.

„Mensch, Adesso, streng dich an, sonst nehme ich Renate“, mahnte Mila.

Adesso schnaubte und schüttelte den Kopf.

Mila musste lachen. „Ja, das glaubst du nicht, oder? Wart's ab, Süßer!“

Natürlich konnte Mila Renate nicht reiten. Schon allein deshalb, weil das kleine Pony vermutlich vor lauter Trotz überall herumäppeln würde.

Mila hob den Blick und suchte mal wieder nach Jans blondem Haarschopf – vergebens. Er war auch heute krank. Oder auch nicht. Mila war sich nicht sicher. Vielleicht hielt er es einfach nicht mehr in ihrer Nähe aus. In der Schule verpasste er nach den Tests sowieso gerade nicht so viel.

Charly war auch rasch mit dem Parcours fertig und ging mit Vanilla an Mila vorbei.

„Na, das war aber blöd für die letzte Stunde vor der Reitprüfung, oder?“, fragte sie.

Mila fuhr herum. „Wieso die letzte Stunde?“

Charly band ihren Pferdeschwanz neu. „Na, morgen ist ja kein Training, weil alles für die Prüfung vorbereitet werden muss.“

„Aber …“ Mila starrte sie erschrocken an. „Tamara hat doch eben gesagt, ich soll morgen noch mal den Oxer trainieren.“

Charly zuckte mit den Schultern. „Sicher hat sie nicht daran gedacht. Mila, das wird schon. Ist doch nur eine kleine Prüfung. Reite wie im Training, dann klappt alles."

Mila lief es kalt den Rücken hinunter. Nur eine kleine Prüfung? Und wenn sie wie heute reiten würde, hätte die Jury ja kräftig was zu lachen. Sie schluckte. Wäre sie doch nur wieder daheim bei Aurelie im Stall! Dort hatte sie nie solche nervenzerreißenden Prüfungen gehabt … Sie kuschelte sich ganz eng an Adessos warme Brust. „Ach, Adesso", seufzte sie. „Warum musst du auch so talentiert sein …"

Doch zum Traurigsein blieb Mila gar keine Zeit. Denn plötzlich raste Tini auf sie zu. „Mila, Mila!", rief sie. „Machen wir jetzt die Überraschung zu Ende?"

Mila sah sie verwirrt an. „Warst du grad bei Herrn Gründgen im Büro?"

Tini wurde knallrot. „Nein, war ich nicht."

„Doch, warst du", sagte Mila. „Ich habe dich rauskommen sehen."

Tini wand sich wie ein Fischlein. „Ich habe da … nur was geholt."

„Was denn?"

„Äh …" Tini griff in ihre Tasche, tastete kurz und holte erleichtert einen kleinen Bleistiftstummel hervor. „Den hier."

Mila runzelte die Stirn. „Wozu?"

„Um den Text zu schreiben. Auf die Überraschung. Na, komm schon!" Sie zerrte an Milas Arm.

Dennoch bemerkte Mila beim Hinausgehen gerade noch, dass nun Michel aus dem Büro kam. Mila hatte einen Kloß im Hals. Hatten denn jetzt alle Geheimnisse vor ihr?

Aber Mila konnte nicht darüber nachdenken, weil Tini sie ohne Punkt und Komma zutextete. Und so hatte Mila die Begebenheit bald vergessen. Gemeinsam holten sie die Kekse aus der Küche und legten die Bastelsachen auf den Boden zwischen Milas und Neles Betten. Nele schaute zum Glück irgendeine Fernsehserie im Gemeinschaftsraum und sie hatten das Zimmer für sich. Tini erzählte Mila, wie sehr sie sich auf das Zugucken bei den Prüfungen freute. Und erst auf das Fest!

„Freust du dich auch? Klar, freust du dich. Denn es kommen ja alle Eltern. Oh, nein, deine kommen ja nicht. Bist du traurig? Du musst nicht traurig sein. Mama und ich sind ja für dich da. Ich werde dir ganz fest die Daumen drücken. Den Glückshufnagel kriegst du auch wieder. Und ich stehe am Rand und feuer dich an. Um Renate kümmere ich mich ja sowieso. Und …“

Mila klingelten bald die Ohren.

Nebenbei schnitten sie schmale grüne Zettelchen zurecht und stanzten aus rotem Papier Doppelkirschen aus. Die Zettel legten sie um das Hufeisen, klebten die Enden zusammen und dann noch die Kirsche darauf. Tini schrieb auf die Früchte „Viel Glück!“. Das sah so wundervoll aus!

„Wie hübsch!“, meinte Mila, als Tini einmal Luft holen musste.

„Ja, nicht wahr? Ich …“

„Du bist ganz schön aufgeregt wegen dem Fest, was?“, unterbrach Mila sie lachend.

Und sie war froh, als die Tür aufging.

„Nicht, Überraschung!“, schrie Tini.

Die Tür stoppte in der Bewegung.

„Wer ist denn da?“, fragte Tini misstrauisch.

„Ich“, sagte Michel.

„Na, du darfst natürlich reinkommen“, meinte Tini.

„Warum?“, fragte Mila unwirsch. Sie genierte sich, denn sie trug schon ihren Pyjama. Der war zwar eigentlich ganz hübsch mit dem glänzenden blauen Stoff – aber es war ja fast wie Unterwäsche! Rasch zog sie Neles Pferdedecke über ihre Beine.

„Warum darf er reinkommen, wenn alle anderen es nicht dürfen?“, wiederholte Mila ihre Frage.

Tini öffnete den Mund. Dann schloss sie ihn wieder. Offenbar fiel ihr keine gute Antwort ein.

„Weil ich doch der Geheimniskrämer schlechthin bin“, flüsterte Michel verschwörerisch und blinzelte Tini zu.

Mila war genervt. Sie stellte fest, dass sie Geheimnisse nicht ausstehen konnte.

„Was willst du denn?“, wollte Mila wissen.

Michel bewunderte zunächst ausgiebig die Kekse, bevor er erklärte: „Ich habe eine schlechte Nachricht für euch. Renate hat die Tischdecken angeknabbert.“

Mila prustete sofort los. Sie stellte sich vor, wie Renate an der Tischdecke riss und beleidigt feststellte, dass das Ding sich nicht fressen ließ. Das war zu komisch! Mila ließ sich vor Lachen nach hinten aufs Kopfkissen fallen, während Tini ganz blass wurde.

„Arme Renate – hat sie Bauchweh?“

Michel beruhigte sie. „Nein, nein. Sie hat nur an dem Stoff herumgekaut. Aber die Tischdecken sind hin.“

Mila richtete sich japsend wieder auf. „Macht nichts, die waren eh nicht so schön. Uns fällt schon was Neues ein.“

Tini stand auf. „Ich muss jetzt erst mal zu Renate.“

Michel nickte und nahm ihren Platz auf Milas Bett ein. „Ich mach das hier für dich fertig“, sagte er.

Mila wollte protestieren, aber dann fand sie es eigentlich doch ganz nett.

Eine Weile arbeiteten sie schweigend weiter. Mila betrachtete Michel, der seit einigen Tagen so dunkle Augenringe hatte. Ob er krank wurde? Schließlich war Jan auch immer noch krank – wenn er denn wirklich krank war. Mila ächzte. Vielleicht sollte sie auch krank werden. Dann bräuchte sie wenigstens nicht bei dieser blöden Prüfung mitzumachen.

Auf einmal begannen Mila und Michel gleichzeitig: „Bist du nervös?“ – „Was machst du eigentlich am Prüfungstag?“

Sie lachten. Dann erzählte Mila Michel, wie schrecklich aufgeregt sie war. Und dass sie morgen nicht würde üben können.

„Ich weiß aber, dass die erst nach dem Mittagessen

mit dem Aufbau in der Halle beginnen", sagte Michel. „Wenn wir nur den Oxer aufbauen, könntest du nach der Schule noch fast eine Stunde trainieren. Falls du auf das Mittagessen verzichten kannst." Er grinste.

„Natürlich", meinte Mila. „Würdest du das echt für mich tun?"

„Klar", antwortete Michel leichthin. „Ich muss meinem Vater morgen zwar viel helfen, aber das kann ich schon noch dazwischenquetschen. Doch jetzt muss ich erst einmal schlafen. Schaffst du den Rest alleine?"

„Schlafen? Es ist erst acht Uhr!", sagte Mila überrascht.

Michel lächelte schief. „Zurzeit brauche ich halt viel Schlaf."

„Ja, ich schaff das allein, wir sind ja fast fertig. Und danke noch mal!"

Michel verschwand und Mila beschriftete schnell die letzten Kirschen. Anschließend räumte sie alles auf. Die hübschen Kekse legte sie in zwei riesige Blechdosen, die Frau Käthe ihnen gegeben hatte.

Tini stürmte herein, als gerade alles fertig war.

„Ich habe eine Idee", japste sie keuchend.

„Was denn?", fragte Mila verdutzt.

„Renate macht uns neue Tischdecken!"

Sie mussten warten, bis Renate zur Tat schreiten konnte.

Der Morgen des letzten Tages vor den Prüfungen begann wieder mit einer Joggingrunde. Es war sehr windig und Franzi lief noch einmal zurück ins Haus, um einen leichten Schal zu holen. Mila lehnte sich an die Hauswand und wartete.

Da sah sie Michel. Er fuhr mit dem Fahrrad vom Hof und nahm den Weg, der zum Dorf führte. Oder zum Hafen. Mila sah auf die Uhr. Es war fünf! Was wollte Michel denn um diese Zeit im Dorf? Nach Sportmachen sah das jedenfalls nicht aus. Was war das nun wieder für ein Geheimnis?

Als Franzi kam, schüttelte Mila die finsteren Gedanken ab und lief los. Sie wurde rasch schneller, so, als könnte sie ihren Grübeleien davonlaufen. Ach, wie schön das wäre!

Letzte Vorbereitungen

Unterricht hatten sie an diesem Freitag natürlich auch noch. Michel erschien abgehetzt auf den letzten Drücker, wie schon so oft in den vergangenen Tagen. Mila beobachtete ihn. Er sah müde aus und tatsächlich hatte sie einmal das Gefühl, als wäre er eingenickt.

Das dachte Tante Caro offenbar auch, denn sie rief: „Michel Gründgen, wärst du wohl so freundlich, das Fenster zu öffnen? Ich glaube, etwas frische Luft würde uns guttun."

Er tat Mila echt leid.

Trotz seiner Müdigkeit baute er nach dem Unterricht zusammen mit Mila die Hindernisse auf – was ganz schön mühsam war.

„Ich hole Adesso", sagte Mila.

Während sie Adesso sattelte und den Gurt festzog, überlegte sie, ob sie mit Michel sprechen sollte. Sie wollte ihn zu gern nach seinem morgendlichen Ausflug fragen – traute sich aber nicht so recht.

Als sie zur Halle kam, hielt Michel grinsend zwei Flaschen Cola in die Luft.

„Die habe ich von Papa abgestaubt“, gestand er. „Ich glaube, eigentlich sind sie für die vielen Helfer als Belohnung gedacht. Aber wir tragen ja auch Hindernisse umher, oder?“

Mila drohte ihm mit dem Zeigefinger. „Du hast geklaut?“

„Nee, ich darf das schon, da ist genug. Prost!“

Mila trank dankbar ein paar Schlucke. Dann konzentrierte sie sich. Sie ritt mit Adesso langsam um das Hindernis herum und ließ ihn alles genau anschauen. Hier, in der Halle, so ganz allein – na ja, fast ganz allein – war Mila ruhig. Sie wusste inzwischen, dass sie es schaffen konnte. Außerdem schien Adesso eher gelangweilt als nervös. Also ritt Mila in aller Ruhe ein paar große Runden und steuerte dann den Oxer an.

Ruhig und kraftvoll sprang Adesso darüber, als hätte er nie Angst davor gehabt.

Michel applaudierte leise.

„Das klappt doch fantastisch!“, rief er.

Das fand Mila auch.

Sie übte noch eine Viertelstunde, aber dann reichte es ihr.

„Ich glaube, das genügt“, meinte sie zu Michel.

Jetzt fühlte sie sich einigermaßen sicher.

Nach dem heimlichen Training lief Mila rasch zu Mark und Jakob ins Zimmer. Mark hatte bei Frau Käthe einen großen Nachschlag geholt und ihn für Mila aufs Zimmer geschmuggelt. Hungrig aß Mila die etwas abgekühlten Kartoffeln und den Fisch.

„Danke, Mark, das ist super“, schmatzte sie.

„Jupp“, sagte Mark. „Schon gut.“

Danach lief Mila in den Stall, wo Tini schon auf sie wartete. Hier war es fürchterlich voll. Überall liefen Schüler herum. Es wurde geputzt und gebürstet – die Pferde ebenso wie die Boxen. Isa übte neue Flechtfrisuren an Melodie, Charly wienerte ihre Stiefel.

Mittendrin breitete Tini jetzt in aller Seelenruhe zwei lange weiße Stoffbahnen hintereinander aus und klebte sie, so gut es ging, mit Kreppstreifen am Stallboden fest.

„Was wird das denn?“, fragte Franzi und strich sich die schwarzen Haare aus dem Gesicht.

Tini holte Renate. „Ich habe ihr die Hufe schon sauber gemacht“, erklärte sie und drückte der verdutzten Franzi das Halfter in die Hand. Zusammen mit Mila goss sie nun dicke Farbe auf ein großes Stück Plastikplane.

„Oje, ich ahne es“, meinte Franzi.

Tini nahm ihr das Halfter wieder ab und führte Renate nun zunächst über die Plane und anschließend über die Stoffbahnen.

„Cool, das klappt ja gut!“, rief Mila begeistert.

Renates Hufabdrücke leuchteten bunt auf den Stoffbahnen. Tini wendete das Pony und führte es denselben Weg zurück. Dreimal schritt Renate brav daher, dann hatte sie genug.

Und obwohl Mila es kaum glauben konnte, hatte Renate nicht auf die Decken geäppelt.

„Braves Pony“, lobte sie.

„Ich geh ihre Hufe putzen“, meinte Tini und führte Renate nach draußen.

„Toll, oder?“, fragte Mila.

Franzi pfiff anerkennend. „Ja, hätte ich nicht gedacht.“ Sie half Mila, die Plane zusammenzurollen und in einen schwarzen Müllsack zu stopfen. Dann deutete sie auf die bunten Spuren, die Renate auf dem Weg zum Ausgang hinterlassen hatte. „Und die bleiben als Andenken?“

„Von wegen!“, rief Herr Gründgen, der gerade hinzugekommen war. „Ihr wisst ja, wo ihr Schrubber und Eimer findet.“

Die Mädchen seufzten – und machten sich an die Arbeit.

Als Mila sich danach ausgiebig die Hände wusch, beschloss sie, heute ihren Plan für Michel umzusetzen.

Mila hatte Glück: Michel stand gerade ganz in Pferdinands Nähe. Rasch lief Mila zu dem hübschen Apfelschimmel und streichelte ihm zart über den Nasenrücken.

„Hey, Mila“, rief Michel.

„He, Michel.“

„Was machst du denn hier?“

„Ich dachte, ich könnte Pferdinand mal ein bisschen trösten“, sagte Mila. „Er merkt ja sicher auch, dass etwas Aufregendes ansteht. Und er darf gar nicht mitmachen.“

Michel lachte. „Keine Angst, ich kümmere mich schon um ihn.“

Mila machte ein trauriges Gesicht. „Ich habe neulich gehört, wie einer der älteren Schüler gesagt hat, dass Frau Steinbach Pferdinand fremd unterbringen will. Damit er im Springtraining bleiben kann, bis das nächste Schuljahr anfängt."

„Was?" Michel sah sie empört an. „Das würde Pferdinand ja völlig durcheinanderbringen. Was ist denn das für eine Schnapsidee? Das ist auch völlig unnötig, weil ..."

Mila drehte sich strahlend zu ihm um. „Weil *du* ihn doch beim Springtraining reiten könntest. Damit wäre allen geholfen. Pferdinand und Frau Steinbach und dir. Richtig?"

Michel sah verwirrt aus. „Was?"

„Na, du willst doch, dass es Pferdinand gut geht. Und deshalb ..."

Da fing Michel an, schallend zu lachen. „Du legst mich rein." Dann wurde sein Gesichtsausdruck ernst. „Ich mag kein Mitleid", murmelte er.

Mila nickte. „Ich weiß. Aber das ist kein Mitleid. Das ist einfach logisch."

Michel dachte kurz nach. Und sagte schließlich: „Okay. Aber ich weiß, dass du mich reingelegt hast." Er schmunzelte.

Mila zwinkerte ihm zu. „Ich habe dich nur ein bisschen auf den richtigen Weg geschubst."

Der Rest des Nachmittags verging wie im Flug. Die neuen Tischdecken mussten gebügelt werden, die Prüfungskleidung zurechtgelegt und kontrolliert. Mila säuberte Adesso die Fesseln, schrubbte seine Hufe und wusch den Schweif. Anschließend trocknete sie ihn sorgfältig ab, legte ihm Gamaschen an und hoffte, dass er bis zum nächsten Tag einigermaßen sauber bleiben würde. Tini half ihr. Es dauerte insgesamt ganz schön lange, weil viele der Schüler sich an den Waschplätzen drängelten. Mila war es ein wenig zu voll und sie legte sich danach für eine Stunde in ihr Zimmer aufs Bett, um ein bisschen Ruhe zu haben.

Beim Abendessen brummte der Speisesaal vom aufgeregten Gemurmel.

„Ich freu mich so", meinte Isa. „Ich liebe diesen Rummel."

Nele hob eine Augenbraue. „Also, ich bin ja froh, dass ich nun doch mitreiten darf", entgegnete sie. „Aber dieser Rummel könnte mir gestohlen bleiben."

„Ach, ich mag es auch", sagte Charly.

Mila stöhnte. „Ja, seid ihr denn gar kein bisschen nervös?"

Die anderen lachten. Sie kannten Milas Prüfungsangst inzwischen nur zu gut.

„Iss gut, damit du morgen stark bist!", rief Jakob ihr zu.

„Nein, iss nicht so viel, damit dir nicht schlecht wird", mahnte Mark.

„Trink Kaffee, danach kann man gut schlafen", grinste Franzi.

Mila knuffte sie. „Veräppeln kann ich mich selber!"

Jakob stieß Isa an. „Und, Isilein, hast du deinem Pferdchen rosa Zöpfe geflochten?"

Isa sah ihn gespielt kühl an. „Nur, weil du so ein Stockfisch bist, muss unsereins ja nicht hässlich herumlaufen."

„Als ob Rosa immer hübsch wäre", brummte Mark.

„Wie bitte?", fragte Isa streng.

Mark grinste.

„Es muss ja nicht immer alles schwarz sein", meckerte Isa jetzt.

Franzi rollte mit den Augen. „Es *darf* aber, wenn es einem gefällt", meinte sie. „Außerdem mag Black Velvet es auch, das habe ich gemerkt."

„Jetzt streitet euch doch nicht", bat Charly.

Aber Jakob spitzte die Ohren und erkundigte sich: „Was hast du gesagt, Franzi? *Was* genau mag Black Velvet?"

Franzi wurde rot. „Nichts!"

Jakob grinste breit. Mila sah ihn verwundert an. Was meinte er denn? Er steckte sich schweigend seinen letzten Bissen Brot in den Mund und kaute. Dann fragte er: „Seid ihr alle fertig?"

Tatsächlich war Mila satt. Die anderen auch.

„Dann ab in den Stall zu Black Velvet. Wer als Erster da ist!" Er stürmte los.

Mila wusste nicht genau, was er meinte, aber sie rannte hinterher. Genau wie alle anderen der Klasse.

Besonders Franzi raste los. Sie überholte Jakob im letzten Moment und stellte sich breitbeinig vor die Box. „Hier kommt keiner rein", sagte sie.

Jakob reckte den Hals. Dabei gluckste er schon vor sich hin. „Sag schon, Franzi, was hast du gemacht?

Ihm die Mähne schwarz gefärbt? Aber nein, die ist ja schon schwarz!"

Mila schielte zu Black Velvet. Er war ein wunderschöner Rappe mit glänzendem Fell.

Allmählich wurde sie neugierig. Was hatte Franzi denn nun angestellt? „Ach komm, zeig her, wir sehen es doch morgen sowieso", meinte sie.

Da gab Franzi nach. Sie öffnete die Box und stellte sich nicht ohne Stolz neben ihr Pferd.

Alle sahen Black Velvet genau an.

Charly kicherte als Erste: „Pfffff!"

„Oh, wie geil", quietschte Isa. „Du hast ihm die Hufe schwarz lackiert!"

Nun entdeckte Mila es auch. Black Velvets Hufe, die sonst ein mattes dunkles Grau aufwiesen, glänzten tiefschwarz.

„Wie kannst du nur?", sagte Mark empört. „Das ist doch unnormal!"

Auch Jakob reagierte entsetzt, wenn auch anders als sein Bruder. „Genau. Der arme Kerl. Jetzt sieht er aus wie eine Stute!" Er lachte sich über seinen eigenen Witz schlapp.

Mila grinste. Es fiel schon auf, wie sehr die Hufe glänzten. Aber Nagellack war ja nicht schädlich auf Nägeln, oder? Ihr war das egal. Hauptsache, niemand kam auf die Idee, *ihre* Nägel schwarz lackieren zu wollen!

Der große Tag ist da!

Diese lustige abendliche Überraschung hatte bei Mila die Anspannung etwas gelöst und ließ sie gut einschlafen. Sie war als Erste zu Bett gegangen und hatte tief und fest geschlummert, bis ihr Wecker gepiept hatte.

Sie stand auf und zog sich an. Sie griff ihre winddichte Steppjacke und eine Basecap und schlich auf den Flur. Draußen neben dem Eingang stand ihr Fahrrad, das sie gestern Abend extra hier abgestellt hatte. Denn joggen würde sie heute Morgen nicht.

Es dauerte nur fünf Minuten, dann raste Michel an ihr vorbei. Er war vollkommen in sich versunken, daher bemerkte er Mila nicht und drehte sich auch nicht um.

Mila stieg auf ihr Rad und fuhr Michel in sicherem Abstand hinterher.

Es war wirklich früh und der Weg zum Dorf war recht weit. Mila musste kräftig strampeln, um mit Michel mithalten zu können. Wie gut, dass sie in letzter Zeit so viel mit Franzi gelaufen war!

Doch nanu? Michel fuhr nicht weiter zum Dorf – er

bog ab in Richtung Hafen! Mila folgte ihm. Kurz vorm Hafen hielt sie an. Der Weg führte nun über einen großen Platz, auf dem Michel sie sofort entdecken würde. Sie duckte sich hinter einen Heckenrosenstrauch und beobachtete ihn.

Michel fuhr langsamer und stellte sein Rad an eine Bank. Dann lief er mit raschen Schritten zu den Fischerbooten. Dort waren schon ein paar Männer.

Wollte Michel etwa zu denen? Sie sah, wie er mit einem älteren Mann sprach, der wie ein echter Seebär aussah. Latzhose, gelbe Regenjacke, Wollmütze. Dazu ein grauer Bart. Mehr konnte Mila aus der Entfernung nicht erkennen. Michel und der Fischer stiegen auf einen alt aussehenden Fischkutter. Mila erinnerte sich an ihre Ankunft auf Marum. Hatte ihr Vater nicht gesagt, dass dies Krabbenkutter waren, die morgens die Krabben frisch aus dem Meer fingen und sie später an die Touristen verkauften?

Mila betrachtete den Kutter noch eine Weile, wie er zu tuckern begann und aufs Meer hinausfuhr. Dann hob sie ihr Fahrrad auf und fuhr wieder zum Internat.

Was sollte sie jetzt davon halten?

Auf *Inselglück* war es noch still. Mila schlich in ihr Zimmer und kroch wieder unter die Decke. Ihre Gedanken flogen nur so, doch sie fiel bald in einen kurzen, traumlosen Schlaf.

Als sie aufwachte, musste sie sich beeilen, um rechtzeitig zum Frühstück zu kommen. An diesem Morgen war die Aufregung der Schüler fast spürbar. Mila fand, es roch geradezu nach Spannung, Erwartung – und natürlich nach Pferden. Sie versuchte, die gute Stimmung in sich aufzunehmen, doch sie merkte, wie ihr Magen zu grummeln begann. Sie dachte an die gelungene Reitstunde mit Michel gestern – doch das half nichts. Die Angst kroch ihr in jede Zelle.

„Mila, alles wird gut“, tröstete Charly sie.

Mila nickte tapfer.

Immerhin wurde sie nach dem Frühstück abgelenkt. Denn die Schüler hatten genau eine Stunde Zeit, sich um die Vorbereitungen für das Kirschblütenfest zu kümmern, das nach den Prüfungen stattfinden sollte. In dieser kurzen Zeitspanne musste Mila mit den anderen Mädchen die Dekorationen verteilen. Das Wetter war hervorragend, es versprach ein sonniger Tag mit leichtem Wind zu werden. Also konnten sie ihre Lampions mit gutem Gewissen in die Bäume hängen. Leider fiel ihnen etwas spät ein, dass sie am Abend sicher Strom brauchen würden, wenn die Kirschen leuchten sollten. Franzi rannte los, um Herrn Gründgen um ein Verlängerungskabel zu bitten. Während ältere Schüler einen langen Tisch nach dem anderen heraustrugen, legten Mila und Charly die Tischdecken darüber. Natürlich reichten Renates Hufeisen-Decken nur für zwei lange Tische, aber sie hatten noch viele weiße Zusatztischtücher.

„Isa, füllst du die Vasen mit Wasser und Kirschblütenzweigen?“, bat Mila.

Isa flitzte los.

Mila steckte die Decken mit Klammern an den Tischen fest. Auf einer Insel war es schließlich immer etwas windig. Dann drehte sie sich zu Franzi, die gerade mit zwei großen Kabeltrommeln durchs Gras stapfte. „Hast du eigentlich die Gummikirschen besorgt?"

Franzi stöhnte. „Ja, aber ich habe sie im Zimmer liegen lassen. Ich hole sie." Sie ließ die Trommeln auf den Boden plumpsen und rannte wieder los.

Nach wenigen Minuten kam sie zurück und Mila half ihr, die Kirschen zu verteilen. Jakob und Mark hatten inzwischen Teller und Gläser verteilt. Hübsch sah das aus – richtig einladend!

Mila sah auf die Uhr. Noch fünfzehn Minuten, dann würden die ersten Eltern den Weg von der Fähre zum Internat vermutlich geschafft haben.

„Ihr könnt euch umziehen gehen, ich mach mit Charly den Rest!", rief Mila ihren Freunden zu. „Unsere Eltern kommen ja nicht."

Das ließen sie sich nicht zweimal sagen. Nun war es an Charly und Mila, das Kabel an der Lichterkette zu befestigen und gegen Regen zu schützen.

„Ich glaube kaum, dass es regnet", meinte Charly.

Mila stimmte ihr zu. „Aber sicher ist sicher. Schon allein wegen Renate. Die knabbert ja an allem."

Zuletzt legten sie das Kabel so ins Gras, dass sich keiner darin verheddern würde, und rollten es Richtung Ställe von der Trommel. Sie stöpselten den Stecker noch nicht in die Steckdose, sondern legten nur alles bereit. Dann konnten sie endlich auch gehen und sich chic machen.

Beim Umziehen kroch sofort wieder diese ängstliche Unruhe in Mila hoch. Und es wurde nicht besser, als nach und nach die Eltern eintrafen. Mila seufzte. Aus der Klasse würden nur ihre und Charlys Eltern nicht kommen, beide aus beruflichen Gründen. Mila hatte zwar mit ihren Eltern ausführlich geskypt, aber es war nicht annähernd dasselbe. Mila nahm noch rasch das schöne Perlenarmband ihrer Eltern aus der Nachttischschublade und legte es um ihr Handgelenk. Vielleicht würde ihr das zusätzlich Glück bringen – sie konnte jedes Quäntchen gebrauchen. Ihr Blick fiel auf das Armband, das noch übrig war – sie wusste noch immer nicht, wem sie es geben sollte.

„Mir macht es nichts, dass meine Eltern nicht jedes Mal kommen“, sagte Charly, als sie sich umzogen. Doch sie wusste bestimmt nur zu gut, dass Mila jede Unterstützung gebrauchen konnte.

Mila seufzte nur. „Ach, wird schon werden“, meinte sie tapfer und zog sich das weiße Shirt über. Sie linste zu Charly und staunte. Was für feine Klamotten die wieder anhatte!

„Sag mal, wo kauft ihr denn dein Zeug ein?“, fragte Mila. „Das ist ja von-und-zu-edel!“

Charly zuckte nur mit den Schultern. „Weißt du, meine Eltern übertreiben es halt manchmal. Einzelkind-Schicksal.“

„Hm“, machte Mila nur. Einzelkind war sie auch, aber so was konnten sie sich dann doch nicht leisten …

Adesso nimmt Anlauf ... und springt!

Als Mila sich kurz darauf bei Adesso ein bisschen Wärme abholen wollte, standen auch die anderen Mädels bei ihren Pferden. Mila entdeckte, dass jede ihr Ritual wiederholte, das sie schon bei den theoretischen Prüfungen gesehen hatte: Nele holte sich ihren Kuss von Fairy, Isa schnitt Melodie wieder eine dünne Strähne aus der Mähne und steckte sie in ihre Tasche und Franzi hob die Hufe von Black Velvet und strich mit ihrer Hand über seine Hufeisen.

Mila freute sich. Sie waren schon wie eine richtige kleine Familie. Sie knuddelte Adesso fest und zeigte ihm das Hufeisen, das wie immer an der Kette um ihren Hals hing. Daneben baumelte der Hufnagel von Tini.

„Hier, Adesso, schau – das wird uns Glück bringen. Und Tini hat mir wieder den Hufnagel gegeben."

Plötzlich klopfte es an ihrer Boxentür.

„Hallo, Mila", sagte eine warme weiche Stimme.

Mila drehte den Kopf. „Aurelie!", jubelte sie und fiel der Frau um den Hals.

Aurelie lachte. Milas frühere Reitlehrerin drückte

sie ganz fest. „Na, irgendjemand muss doch kommen und dir die Daumen drücken, oder?“

Eine Welle der Erleichterung durchflutete Mila. Dass Aurelie da war, half ihr sehr.

„Gut, dass du gekommen bist“, dankte Mila. „Dann kann jemand meine Eltern anrufen, wenn ich tot vom Pferd stürze.“

Aurelie lachte laut auf. „Du kleine Pessimistin“, meinte sie. „Ich bin schon so gespannt, dich springen zu sehen!“

Da lächelte Mila. So ein ganz kleines bisschen war sie doch stolz. Hoffentlich würde ihr alles gelingen – damit sie Aurelie begeistern konnte.

Mila zeigte Aurelie rasch den äußeren Bereich des Pferdeinternats, den Innenteil hob sie sich für später auf. Dann gingen sie zum Reitplatz und liefen gemeinsam den Parcours ab. Natürlich kannte Mila ihn in- und auswendig, aber sie bemühte sich um Konzentration. Nicht zuletzt lenkte es sie auch von ihrer Nervosität ab – außerdem hatte Aurelie noch ein paar gute Hinweise.

Langsam wurde es ernst. Aus den Lautsprechern hallten Begrüßungen, Ansagen und Durchsagen. Pferde wurden über den Hof hin und her geführt. Schüler in Turnierkleidung huschten herum, stolze Eltern liefen ihnen hinterher. Es dauerte nicht lange, da verkündete der Ausrufer den Beginn der Prüfungen.

Bald standen Mila und Aurelie als Zuschauer zwischen vielen anderen. Da sie die jüngsten Schüler waren, wurde Milas Klasse zuerst aufgerufen. Man wollte den „Kleinen“ die furchtbare Wartezeit ein wenig verkürzen, vermutete Mila. Was in ihrem Falle gar nichts nützte, aber nett war es doch. Der Erste von ihnen war Jakob. Er trabte auf den Platz und grüßte die Lehrer in der Jury. Mila strahlte. Jakob sah richtig schick aus mit dem Turnierjackett. Ruhig und gekonnt ritt er den Parcours ab. Bei jedem Hindernis, das er übersprang, ging Mila mit dem Oberkörper mit. Sitz, Rhythmus, Harmonie mit seinem Pferd – alles stimmte. Strahlend verließ er schließlich den Platz. Mila jubelte ihm zu. Als Wertung erhielt er eine 8,5.

Nach und nach kamen nun die anderen. Mila sah ihnen bewundernd zu – und wurde schließlich so nervös, dass ihre Knie sichtbar zitterten.

Nele war perfekt – sie erhielt eine 9,0 in der Wertung. Mila gönnte es ihr von ganzem Herzen und applaudierte heftig. Nele warf ihr einen dankbaren Blick zu.

Auch Franzi ritt sehr gut. Sie hatte eine hellgraue Turnierjacke an und sah toll aus. Mila jubelte ihr zu. Mit viel Eleganz nahm Franzi die Hindernisse. Black Velvets Hufe glitzerten in der Sonne. Als sie fertig war, lief Mila zu ihr.

„Franzi, das war grandios! Du siehst toll aus!“

„Das meine ich auch“, lobte Luke, der neben Mila getreten war. „Man merkt, dass du viel fitter bist. Gratulation!“ Er reichte Franzi die Hand. Mila konnte sehen, wie gut ihr das tat. Sie strahlte über das ganze Gesicht.

Die Nächste war Charly. Sie gab sich nicht allzu viel Mühe, das hatte Mila schon vorher geahnt, aber sie schaffte dennoch eine 6,3. Mila blinzelte. Es schien ihr, als ob die Leute ausgerechnet bei Charly extrem oft fotografierten. Das steigerte Milas Aufregung nur zusätzlich, daher ging sie lieber zu Adesso. Sie mussten sich vorbereiten – bald waren auch sie an der Reihe.

Beim Reiten wurde Mila wieder flau im Magen. Sie wurde so blass, dass Aurelie sie schließlich bat, abzusteigen. „Du siehst aus, als ob du gleich ohnmächtig wirst“, meinte sie.

Mila stieg ab und keuchte. Plötzlich wurde ihr übel. Aurelie legte ihr besorgt den Arm um die Schultern. In diesem Augenblick kam Luke zu ihnen. Er begrüßte Aurelie und nahm Mila dann zur Seite.

„Mila, sieh mich an “, sagte Luke beruhigend. Er legte ihr die Hände auf die Schultern und sah sie fest an. „Ich weiß, du hast Angst. Doch hör mir genau zu. Du und Adesso, ihr zwei seid füreinander geschaffen. Du hast so viel gelernt. Und ihr habt beide ein außergewöhnliches Talent. Ich habe selten einen Reiter gesehen, der so sehr mit seinem Pferd verschmilzt. Ob du hier heute die E-Klasse schaffst oder nicht, ist absolut egal. Entscheidend ist nur, dass du und Adesso dabei Spaß habt. Zeig den Menschen, was du kannst. Ihr seid einzigartig.“

Mila spürte, wie ihr Atem sich normalisierte. Schließlich gelang ihr ein zaghaftes Lächeln.

Luke grinste. „Genau das wollte ich sehen. Das hier

ist kein Weltuntergang. Und nun rauf auf dein Pferd und lass es reiten. Es wird dich führen."

Mila nickte. Sie spürte, wie die Worte in ihr nachhallten: Es war ja alles nicht so wichtig. Sie wollte doch einfach nur reiten. Und Aurelie zeigen, was sie konnte.

Mila streichelte Adesso. „Du und ich", meinte sie. „Wir schaffen das!"

Milas Herz klopfte noch immer schneller als sonst, als sie aufgerufen wurden und langsam vor die Jury schritten. Die Hindernisse waren extra für ihre Prüfung verkleinert worden, damit sie nun die E-Klassen-Prüfung ablegen konnte.

Mila atmete tief durch. Sie spürte, dass Adesso die Ruhe selbst war. Und dass er einen guten Tag hatte. Mila grüßte die Jury. Und startete.

Langsam ließ sie sich auf Adessos Rhythmus ein. Sie trabten den Platz seitlich entlang. Mila nahm das erste Hindernis ins Visier und Adesso wurde schneller. Er sprang ab und – überwand den Steilsprung elegant und mühelos.

„Perfekt", flüsterte Mila. Auch die nächsten Hindernisse nahm sie gut. Sie war noch angespannt, doch ganz allmählich spürte sie, wie auch etwas Spaß dazukam. Sie hörte das Jubeln der Zuschauer und Adessos Schnauben. Sie spürte den Wind auf der Haut und Adessos Muskeln an den Beinen. Ein breites Lächeln schlich sich in Milas Gesicht. Tamaras und Lukes Anweisungen waren ihr in Fleisch und Blut übergegangen. Mila ritt die vorletzte Wendung und trabte auf die Mauer zu. Adesso wurde schneller und – sprang hinüber. Fantastisch!

Doch er landete etwas unsanft und Mila zuckte zusammen. Sie fing sich rasch, doch plötzlich raste ihr Puls wieder. Sie ritt langsam einen großen Bogen und fing Aurelies aufmunternden Blick auf. Doch Mila war jetzt verunsichert. Sie runzelte die Stirn. Und während sie in Gedanken noch bei der abrupten Landung war, tauchte der Oxer vor ihrem Blick auf. Das kam zu plötzlich. Mila ritt darauf zu – und drehte bei. Sie schloss die Augen. Nein! Es lief so gut! Die Zuschauer tuschelten. Mila starrte auf Adessos Mähne. Was nun? Aufhören? Sie ritt die Wendung noch einmal. Dabei hob sie den Blick – und sah genau in Jans braune Augen. Er schaute sie fest an und zog einen Mundwinkel zu einem kleinen Lächeln empor. Es war wie ein Zuspruch, wie eine Aufforderung: Zeig es allen! Na los!

Wie ein Sonnenstrahl flutete Wärme durch Milas Bauch. Plötzlich konnte sie die Schultern sinken lassen, durchatmen und auf den Oxer zureiten.

HEPP!

Die nächsten Augenblicke vergingen wie in einem dichten Dunst. Mila hörte Applaus, hörte, wie Aurelie ihr etwas zurief. Sie stieg ab und spürte, dass ihr jemand Adesso abnahm. Aurelie umarmte sie und küsste sie auf die Wange. Alles war wie im Traum.

Dann nahm Charly ihre Hand und drückte sie fest. „Alles okay, Mila?“

Endlich wachte Mila auf.

„Ich hab's geschafft", flüsterte sie und starrte Charly an. Dann brüllte sie: „Ich hab's geschafft!" und fiel Charly um den Hals.

Im nächsten Augenblick hörte sie die Stimme aus dem Lautsprecher: „Mila Hofer erhält als Wertung eine 6,3."

„Wohoo", schrie Charly ihr ins Ohr. „Du hast eine 6,3, genau wie ich!"

Mila konnte ihr Glück kaum fassen. Rasch wandte sie sich Adesso zu und umarmte ihn.

„Ich liebe dich", flüsterte sie. „Ich liebe dich so sehr!" Adesso rieb den Kopf an ihrer Schulter. Und Mila wusste, dass er dasselbe empfand.

Dann blickte sie auf. Wo war Jan?

Die anderen hatten sich bereits wieder den Prüfungen zugewandt, aber Mila stand immer noch hinter den Zuschauern und versuchte, Jan in der Menge zu entdecken.

Aber sie konnte ihn nicht finden. War er schon wieder gegangen?

Da spürte sie eine warme Hand auf ihrer Schulter.

„Hey, Pferdemädchen."

Mila drehte sich um und blickte direkt in Jans Augen.

„Das war unglaublich", sagte er. „Du bist so gut geworden!"

Mila lächelte. „Danke", flüsterte sie.

Jans Augen sahen sie so liebevoll an, dass ihr Herz hüpfte. Und als Jan ihr dann die kleine, widerspenstige Haarsträhne aus dem Gesicht hinter das Ohr strich, stoben die kleinen Schmetterlinge in ihrem Magen so hoch wie noch nie.

Jan begleitete Mila zum Stall, weil sie Adesso absatteln und striegeln wollte. Er half ihr und es tat unglaublich gut, ihn in der Nähe zu wissen.

„Ich möchte mich noch mal bei dir entschuldigen“, begann Mila. „Das in der Klasse war so blöd von mir. Ich wollte wirklich nicht, dass dir die Stifte ins Gesicht fliegen. Ich habe nur gegen die Mappe schlagen wollen ...“

Jan sah sie amüsiert an. „Vielleicht sollte ich dir einen Boxsack schenken.“

Mila nickte zerknirscht.

„Nein, ist schon gut“, sagte Jan. „Du warst wütend und sehr aufgeregt wegen der Prüfung. Jetzt hast du gesehen, dass du auch bei Prüfungen ganz hervorragend bist, das ist doch toll. Bestimmt bist du nächstes Mal viel ruhiger.“

Das allerdings wagte Mila nicht zu hoffen.

„Hast du meinen Zettel gefunden?“, fragte sie.

Jan klopfte Adessos Hals. „Ja, habe ich. Danke. Und jetzt reden wir nicht mehr davon. Vergeben und vergessen. Wenn du gleich fertig bist, holen wir uns aus der Küche ein Eis. Ich habe nämlich ärztliche Erlaubnis auf Kühlung für meinen Hals.“

Da erst fiel Mila wieder ein, dass er so lange gefehlt hatte.

„Also warst du wirklich krank?“

Jan hob erstaunt die Augenbraue hoch. „Ja, was dachtest du denn?“

Mila biss sich auf die Lippe. „Ach nichts …“ Sie versuchte, sich nicht anmerken zu lassen, wie erleichtert sie war. Jan hatte nicht gefehlt, weil er sauer gewesen war. Er war einfach nur krank gewesen. Alles war wieder gut.

Fast alles.

Wenn sie jetzt noch die Sorge um Michel loswerden könnte, wäre der Tag perfekt.

Und in diesem Augenblick wurde ihr plötzlich klar, was Michel auf dem Fischkutter machte.

Mila mischt sich noch mal ein

Mila mochte die Zeit mit Jan nicht damit verbringen, nach Michel zu suchen. Also ging sie erst mit ihm ein Eis essen und sie schauten den älteren Schülern beim Reiten zu. Erst als Jan sich ausgiebig mit einem anderen Schüler unterhielt, winkte sie ihm und sagte: „Bis später!“

Eilig lief Mila durch die vielen Menschen, um Michel zu suchen. Sie fand ihn im Büro seines Vaters – schlafend am Schreibtisch. Eine Weile stand sie vor ihm und betrachtete ihn. Dann entschied sie sich, zuerst zu Frau Steinbach zu gehen. Sie wollte Michel nicht wecken, er hatte den Schlaf bitter nötig, bei dem, was er machte!

Frau Steinbach stand zwischen einigen sehr wichtig aussehenden Leuten.

Mila überlegte, ob sie einfach reinreden konnte – da hatte die Direktorin sie schon entdeckt.

„Ach, Mila“, meinte sie. „Ich möchte dir etwas erzählen.“ Sie entschuldigte sich bei den anderen und schob Mila ein Stück zur Seite.

„Das sind einige der Eltern, es geht um das Sponsoring der Schule." Sie seufzte. „Manchmal habe ich den Eindruck, es geht immer nur ums Geld. Aber nun ja. Ich wollte dir sagen, dass du dir keine Sorgen machen musst, Mila. Die Rechnung, die du gefunden hast, war nicht für Herrn Gründgen persönlich. Es war eine Internatsrechnung für Futter. Hattest du denn nicht auf die Anschrift geachtet?"

Nein, das hatte Mila nicht.

„Macht ja nichts", sagte Frau Steinbach liebevoll. „Jedenfalls waren die Futterlieferungen nicht in Ordnung, daher hatte Herr Gründgen sich geweigert, die ausstehenden Kosten zu bezahlen, bevor eine Ersatzlieferung geschickt wurde." Sie lächelte. „Er ist einfach der Beste für diesen Job."

Mila atmete auf. Das waren mal gute Nachrichten.

Frau Steinbach fragte: „Und was ist mit den Fotos? Hat sich das schon geklärt?"

Da fiel Mila wieder ein, dass Michel Fotos von Adesso gemacht hatte und sie immer noch nicht wusste, warum.

„Nein, ich habe ihn noch nicht fragen können", antwortete sie nachdenklich.

Frau Steinbach strich freundlich über ihren Arm. „Das wird schon. Wenn du ihn nicht darauf ansprechen möchtest, warte einfach, bis er dich ins Vertrauen zieht. Ich bin mir sehr sicher, dass du dir keine Sorgen machen musst."

Mila nickte und seufzte.

Dann hob sie den Kopf. „Es gibt da noch etwas."

„Ja?“ Frau Steinbachs Blick war freundlich und hilfsbereit.

Also wagte Mila es, ihr von Michels morgendlichen Ausflügen zu berichten.

„Aber Sie dürfen ihn nicht dafür bestrafen“, sagte Mila bestimmt. „Ich glaube, er nimmt das alles nur auf sich, um Geld zu verdienen. Er hat doch diesen Brief auch gelesen.“

Frau Steinbachs Gesicht wurde ernst. „Er geht arbeiten? Dafür ist er doch gar nicht alt genug. Was für ein Schiff war es denn?“

Mila beschrieb den Fischkutter und den älteren Mann, den sie gesehen hatte. Während ihrer Beschreibung runzelte Frau Steinbach nachdenklich die Stirn und langsam schlich sich ein grimmiges Lächeln in ihr Gesicht.

„Der alte Ole. Na, der bekommt was zu hören.“

Mila erinnerte sich dunkel an die Seegarngeschichten, die sie über einen Seebären namens Ole gehört hatte.

„Du darfst jetzt zu Michel gehen und ihm alles erklären“, meinte Frau Steinbach. Sie straffte den Rücken und griff nach ihrem Handy. „Ich habe noch ein Hühnchen mit jemandem zu rupfen. Oder eher gesagt einen Fisch zu entgräten.“ Mit entschlossenem Gesichtsausdruck ging sie davon.

Mila schmunzelte. Einen Fisch entgräten? Aber sie hielt sich nicht lange mit der Vorstellung auf. Schon rannte sie los – zu Michel.

Und diesmal weckte sie ihn doch.

„Michel?“, flüsterte sie und griff ihm an die Schulter. „Michel!“

„Was? Ich bin da!“, rief Michel und sprang auf.

„Alles gut, ich bin’s nur“, sagte Mila hastig.

Michel starrte sie an. Dann schüttelte er den Kopf. „Ich muss eingeschlafen sein.“

„Kein Wunder, wenn du jeden Morgen so zeitig aufstehst“, fand Mila.

„Ja, das ist ganz schön ...“ Michel hielt inne. „Was weißt du?“

Mila hockte sich auf den Schreibtisch. „Also, ich weiß Folgendes ...“ Sie zählte die Punkte an ihren Fingern ab: „Erstens stehst du morgens früh auf, weil du zweitens zum Hafen fährst, um drittens dort zu arbeiten. Das tust du viertens, um Geld zu verdienen, weil du fünftens glaubst, dein Vater habe große Schulden.“

Michel starrte sie verblüfft und auch etwas misstrauisch an.

„Woher weißt du das alles?“

„Ich bin eben schlau“, erwiderte Mila nur. „Und deshalb weiß ich noch was: Dein Papa hat gar keine Schulden. Das sind Mahnungen für die Schule.“

Jetzt klappte Michel die Kinnlade hinunter. Es dauerte ein paar Sekunden, bis er begriffen hatte. „Keine Schulden, ehrlich? Gar keine?“

Mila schüttelte den Kopf.

Da schlang Michel seine Arme um Mila und wirbelte sie einmal im Kreis. Dann ließ er sie los und sprang herum. „Keine Schulden, keine Geldsorgen!“ Er hielt inne und zog die Nase kraus. „Und nie mehr Krabben!“

Mila lachte. „Muss eklig sein, oder?“

„Und wie. Ich hasse die sowieso, wie kann man so etwas nur essen?“ Er steckte seine Hände in die Jeans und lehnte sich gegen die Wand. „Und jetzt erzählst du mir erst einmal, wie du das alles herausgefunden hast.“

„Gern“, sagte Mila. „Aber vorher brauche ich unbedingt eine Cola!“

Sie konnte kaum so schnell gucken, wie Michel sich bückte, eine Colaflasche aus der Kiste neben der Tür griff und sie ihr reichte.

„Ich bin ganz Ohr.“

Mila erzählte Michel alles ausführlich. Besonders die Stelle, an der sie ihm morgens nachgeradelt war, faszinierte ihn.

„Ich kann gar nicht glauben, dass ich das nicht bemerkt habe“, staunte er.

„Wie war es denn auf dem Kutter?“, fragte Mila neugierig.

Michel stöhnte. „Wenn ich noch mal arbeiten muss, dann suche ich mir etwas anderes. Es ist unglaublich anstrengend und kalt und ich war so müde!“ Er lachte. „Aber irgendwie ist es auch cool so früh auf dem Meer. Ich fühlte mich wirklich frei … Vielleicht schlummert tief in mir ein Seemann, der nur darauf wartet, geweckt zu werden!“

Mila riss die Augen auf. „Um Himmels willen, lass den bloß schlafen!“

Im nächsten Moment donnerte eine Stimme: „Michel Gründgen! Hier steckst du also!“

Michel stand stramm, als hätte man ihn bei etwas Verbotenem erwischt.

„Muss ich dich tatsächlich *suchen*?“, schimpfte Frau Käthe. Wie sie so im Türrahmen stand, die Hände in den Hüften, machte sie auch auf Mila großen Eindruck.

„Kann ich helfen?“, piepste sie.

Frau Käthe lachte. „Oje, ich habe euch wohl erschreckt, was?“ Sie lachte so, dass ihr runder Bauch wippte und sie sich die Tränen aus den Augen wischen musste. „Meine Güte, alle stehen so unter Strom, dem kann ich mich gar nicht entziehen. Entschuldigung, Michel, aber die Brezeln müssen in die Lauge und dann in den Ofen und ich kann wirklich jede helfende Hand brauchen.“

Michel nickte. Und natürlich lief Mila mit, um auch ein paar Handgriffe zu erledigen. Außerdem hatte sie große Lust auf eine warme Brezel. Doch das band sie Frau Käthe erst mal nicht auf die Nase.

Während Mila half, Getränke und Schüsseln zur Obstwiese zu tragen, hörte sie, wie die Lautsprecherdurchsagen allmählich seltener wurden. Offenbar waren die Prüfungen bald zu Ende. Mila stellte ihr Tablett auf dem Büfetttisch ab. Zum siebten Mal, wenn sie richtig mitgezählt hatte. Eine Windböe schlug die Ecke der Tischdecke um und blieb in der Wackelpudding-Schüssel stecken.

„Es ist ganz schön windig", meinte sie zu Charly, die neben ihr stand. „Ich glaube, da kommt noch was."

„Ach was", winkte Charly ab. „Das ist schon mal so. Inselwetter halt. Der Wind kommt und dann geht er wieder. Mach dir keine Sorgen."

„Ich geh jetzt mal Aurelie suchen", sagte Mila. „Ich möchte ihr noch die Innenräume zeigen."

Charly nickte.

Mila brauchte eine Weile, bis sie Aurelie fand. Sie stand neben Herrn Gründgen und unterhielt sich angeregt mit ihm. Mila schmunzelte. Die beiden waren doch single, vielleicht sollte sie mal ein bisschen kuppeln?

Sie sah, wie Tini Anlauf nahm. Sie schrie „Achtung!" und sprang auf Herrn Gründgens Rücken. Der hatte schon damit gerechnet, denn das machte Tini häufiger. Lachend drehte er sie zweimal herum. Tante Caro kam hinter Tini her und zog ihre Tochter sanft von Herrn Gründgens Rücken.

„Lass mal, Tini", mahnte sie. „Steffen ist gerade in einer privaten Unterhaltung."

„Ach, so privat ist das gar nicht", warf Aurelie dazwischen und streckte ihre Hand aus. „Hallo, ich bin Aurelie."

Milas Tante schlug sich vor die Stirn. „Mensch, ich hatte doch gleich so eine Ahnung – ich habe ja schon sehr viel von Ihnen gehört!"

Sie schüttelte Aurelies Hand. Doch dann nahm sie

Tini an der Schulter zur Seite. „Du sollst doch Steffen nicht immer stören."

„Tini stört nie", meinte Herr Gründgen und sah das kleine Mädchen liebevoll an. „Nicht wahr, mein Sonnenschein?"

Tini strahlte.

Mila nahm sie an die Hand. „Komm, Tini, wir beide gehen jetzt mal zu Renate. Ich habe sie heute kaum gesehen."

„Nein!", rief Tini.

Mila sah sie erstaunt an.

„Äh, ich meine, ich habe so einen Hunger. Lass uns zuerst was zu essen holen, ja?" Schon zog Tini Mila davon.

Mila ging nur allzu gern mit. Hoffentlich waren inzwischen endlich die Brezeln fertig!

Aurelie kam nach und nachdem sie sich eine Brezel stibitzt hatten, führte Mila Aurelie endlich in allen Räumen im Inneren herum.

„Das hier ist mein Zimmer", verkündete sie.

„Hübsch", murmelte Aurelie und betrachtete aufmerksam Milas gemütliche Ecke. Beim Blick auf Neles Seite stutzte sie. Dort sah es deutlich nüchterner aus, fast so, als wäre Nele erst vor Kurzem eingezogen.

„Nele ist kein Pferdemädel", erklärte Mila. „Aber sie ist total in Ordnung. Eher ein nüchterner und sachlicher Typ, du weißt schon."

Aurelie wollte noch mehr sehen und Mila zeigte ihr in aller Ruhe die Unterrichtsräume, den Speisesaal, die Durchgänge, die Aula und den Gemeinschaftsraum. Überall trafen sie auf andere Schüler, die sich mit ihren Eltern ruhige Ecken zum Unterhalten gesucht hatten.

Mila seufzte. „Ach, ich wünschte, Mama und Papa könnten auch vorbeikommen“, sagte sie leise.

Aurelie strich ihr über die Wange. „Ich weiß, mein Schatz. Aber ein Jahr ist doch gar nicht so lang. Außerdem hast du dich schon gut eingelebt.“

Das stimmte. Mila beschloss, nicht weiter Trübsal zu blasen.

„Ich habe schon wieder Hunger“, meinte Aurelie. „Glaubst du, es gibt bald Abendessen?“

Der Sturm bricht los!

Milas Magen knurrte auch. Also machten sie sich auf zur Festwiese. Sie nahmen den Weg durch den Haupteingang und staunten, wie stürmisch der Wind mittlerweile über das Internat hinwegfegte. Ein paar weiße Zettel flogen durch die Luft und Tini und Mila beeilten sich, sie zu fangen. Ein leerer Eimer polterte herum.

Mila sah, dass mehrere Erwachsene sich bemühten, lose Dinge in die Gebäude zu tragen. Auch Luke und Tamara halfen mit. In diesem Moment fiel Mila das Kirschblütenfest ein. „Unsere Dekoration!“, kreischte sie und rannte los.

Im Haus war die Nachricht vom heftigen Wind noch gar nicht angekommen.

„Es stürmt“, schrie Mila. „Wir müssen alles reinholen!“

„Ach, so schlimm wird es schon nicht sein“, meinte Jakob, der Frau Käthe beim Dekorieren der Torte half.

Frau Käthe warf einen Blick aus dem Fenster und sagte: „Oh, ich glaube doch. Lauft, Kinder, lauft – tragt alles in den Speisesaal!“

Sie flitzten wie die Wiesel. Oder Ameisen. Jedenfalls sauste alles, was Beine hatte, hektisch durch die Flure und über den Weg zur Obstwiese hin und zurück. Der Wind war inzwischen zum echten Sturm angewachsen und kippte schwungvoll Gläser und Teller von den Tischen, riss an den Tischdecken und warf die Vasen um.

„Die Lampions!“, rief Mila gegen den Wind an, der ihr die Haare ins Gesicht peitschte.

Die Lampionkette hing nur noch an einem Ast. Zum Glück hatten sie die Kette so fest mit dem Kabel verbunden, sonst wäre sie vielleicht schon weggeflogen und kaputtgegangen. Mila raffte sie zusammen. Charly griff nach dem Kabel. Sie brachten beides hinein und legten es rasch im Stall auf den Boden. Dann halfen sie wieder beim Hereinholen der Sachen. Schließlich waren nur noch die Tischdecken mit den Klammern von den Tischen zu lösen. Mila und Charly waren die Einzigen, die noch draußen waren, denn die Tische würde der Sturm nicht fortwehen.

Der Wind rauschte in Milas Ohren. Und mit einem Mal bemerkte Mila, dass sie mitten in einem weißen Flockenwirbel standen.

„Charly, schau nur!“

Vom Sturm wurden die Blütenblätter der Obstbäume um sie herum durch die Luft gewirbelt. Mila hob die Hände und drehte sich. „Ein Schneesturm!“ Sie lief zu Charly und nahm ihre Hände. „Komm!“

Sie tanzten durch die Blütenblätter und jubelten und lachten – bis Mila zwei fette Regentropfen ins Gesicht klatschten.

„Ihh, der Regen fängt an“, quietschte sie.

Innerhalb von Sekunden schüttete es wie aus Kübeln. Rasch lösten sie die letzten Decken, rafften alles zusammen und rannten hinein – und doch wurden sie klitschnass.

Lachend liefen sie zu den anderen in den Speisesaal.

Im großen Speisesaal war es chaotisch. Die Schüler bemühten sich, Tische und Stühle zu verrücken, sodass möglichst alle genug Platz hatten. Mila sah, wie mehr Stühle gebracht wurden, und die Eltern kräftig mit anpackten. Frau Käthe wuselte aufgeregt dazwischen herum und dirigierte Jakob und Mark, die mit hochroten Köpfen und großen Schüsseln hinter ihr herliefen.

Mila grinste. „Komm, Charly, wir ziehen uns erst mal um.“

Rasch liefen sie in ihre Zimmer. Mila sprang kurz unter die Dusche, denn ihre Finger klebten von den matschigen Gummikirschen und sie bibberte vor Kälte.

Auch Charly hatte geduscht und klopfte danach an Milas Zimmertür. Zusammen liefen sie zurück zum Saal. Dort sah es mittlerweile ganz anders aus. Stühle und Tische standen in langen Reihen, Gläser und Geschirr waren verteilt. Es wurden noch letzte Schüsseln und Platten hineingetragen. Außerdem brachte Frau Käthe große Kaffee- und Kakaokannen herein. Charly und Mila nahmen sie ihr gleich ab.

„Wir machen das schon, Frau Käthe", sagten sie.

Natürlich brachten sie die Kannen zuerst an den Tisch, an dem ihre Freunde und deren Eltern saßen – einschließlich Aurelie.

„Habt ihr uns was freigehalten? Das ist ja super, danke", freute Mila sich. Sie versorgte alle mit Kaffee und Kakao und reichte die Kannen an den Nachbartisch weiter. Dann ließ sie sich auf den Stuhl neben Aurelie fallen.

„Puh, endlich essen. Ich komm um vor Hunger!"

Das ging allen so. Bald herrschte ein brummendes Gewirr aus Stimmen, Geschirrklappern und Lachen. Mila war wieder warm und sie fühlte sich pudelwohl.

Auf einmal entdeckte sie Jans Mutter.

„Anna!", rief sie und winkte ihr zu.

Anna lächelte und kam näher. Jan sprang auf und bot ihr seinen Stuhl an.

„Ich hole mir schnell einen neuen", sagte er.

Anna setzte sich Mila gegenüber. „Ich dachte eigentlich, das Fest fällt aus", meinte sie. „Da habt ihr ja schnell alles umorganisiert!"

Mila strahlte vor Stolz, als hätte sie das allein gemeistert. „Ja, in der Not halten wir prima zusammen."

„In der Not?", nuschelte Charly. „Immer!"

Mila deutete auf den kleinen Brezelzipfel, der ihr aus dem Mund ragte. „Und was ist das? Du hast mir grad das letzte Brezelstück vom Teller geklaut. Dachtest du, ich merke das nicht?"

Charly wurde rot. „Bei Brezeln vergesse ich meine gute Kinderstube komplett. Verzeih mir."

Mila lachte.

Anna wollte alles hören – wie die Prüfung gelaufen war, wie der Tag überhaupt war und wie es abends weitergehen sollte. Mila beschrieb es ihr so spannend wie möglich. Jan, der inzwischen wieder Platz genommen hatte, schmunzelte.

„Wow, als so aufregend habe ich es gar nicht empfunden", neckte er Mila.

Sie streckte ihm die Zunge heraus.

Anna war begeistert. „Aber was ist denn jetzt mit den Eltern? Die Fähren fahren doch bei diesem Wetter nicht mehr."

Mila stutzte. Daran hatte sie ja noch gar nicht gedacht. Auch Aurelie sah verdutzt drein.

„Vielleicht sollte ich das lieber Frau Steinbach sagen …", überlegte Mila laut.

In diesem Moment begannen die Lautsprecher zu rauschen und zu knacken.

Mila drehte sich um. Frau Steinbach war aufgestanden und wartete, bis alle verstummt waren.

„Meine lieben Gäste, liebe Schüler und Internatsmitarbeiter", begann sie. „Zunächst möchte ich mich sehr herzlich dafür bedanken, dass Sie alle mitgeholfen haben, unser schönes Kirschblütenfest doch noch zu retten – auch, wenn wir jetzt leider auf die Kirschblüten verzichten müssen."

Die Menge lachte freundlich.

„Als Zweites darf ich allen Schülern und Schülerinnen zu den bestandenen Reitprüfungen gratulieren. Ich habe zugeschaut und mit Begeisterung gesehen, wie große Fortschritte alle gemacht haben. Es stecken sehr viel Fleiß und Anstrengung hinter diesen Erfolgen und ich möchte euch von Herzen loben und beglückwünschen."

Tosender Applaus brandete auf. Die Schüler strahlten und ließen sich von ihren Eltern umarmen.

Frau Steinbach fuhr fort: „Ich bedanke mich bei allen Helfern, bei der Jury – und auch bei Ihnen, liebe Eltern, dass Sie den weiten Weg auf sich genommen haben, um uns an diesem Tag zu unterstützen."

Nun waren es die Schüler, die kräftig applaudierten.

„Allerdings", unterbrach sie Frau Steinbach, „habe ich eine schlechte Neuigkeit. Aufgrund des heftigen Sturms hat die Reederei die letzte Fahrt zum Festland abgesagt. Sie kommen heute nicht mehr von der Insel."

Ein Raunen ging durch die Menge. Einige Eltern sahen sich besorgt an. Die Direktorin hob die Hand. „Ich weiß, dass viele von Ihnen sich sowieso für eine Nacht auf der Insel eingemietet haben, um den morgigen Tag noch in Ruhe mit Ihren Kindern zu verbringen. Allen, die heute noch zurückreisen wollten, biete ich an, dass sie hier im Pferdeinternat übernachten können. Wir werden gewiss für jeden einen Schlafplatz finden."

Jetzt jubelten die Schüler wieder los.

Mila fasste Aurelie aufgeregt am Arm. „Du kannst mein Bett bekommen. Ich schlafe auf dem Boden!"

Aurelie schüttelte lachend den Kopf. „So weit

kommt es noch. Warten wir lieber ab, wie Frau Steinbach sich das vorgestellt hat.“

Doch die Direktorin war noch nicht fertig mit ihrer Ansprache.

„Ich werde gleich mit jedem Einzelnen von Ihnen alles besprechen. Vorher jedoch habe ich noch zwei Ankündigungen zu machen. Die eine betrifft die Schüler: Als Belohnung für eure Mühen habe ich einen der hiesigen Fischer dafür gewinnen können, jede Klasse einmal mit hinaus aufs Meer zu nehmen und ihnen eine echte Kutterfahrt zu ermöglichen.“ Die Schüler jubelten. Frau Steinbach schmunzelte und zwinkerte Mila zu. „Es handelt sich um den Fischer Ole Knutsen. Er schuldet mir sozusagen einen Gefallen und macht das gern.“

Mila grinste. Gern? Das war vermutlich eine sehr positive Umschreibung für die Gefühle, die der alte Ole bei dem Vorschlag gehabt hatte.

„Und nun noch eine Mitteilung für das kommende Schuljahr. Auch wenn es noch eine Weile hin ist, möchte ich schon einmal verkünden, dass wir uns vorzeitig bei einem der Stipendien für einen Kandidaten entschieden haben. Ein Stipendium erhält demnach Michel Gründgen.“

Einen Moment lang war es ganz still. Mancher Zuhörer konnte zunächst nichts mit dem Gesagten anfangen – und allen Schülern der ersten Klasse hatte es kurz die Sprache verschlagen. Doch dann schrien sie auf.

„Michel! Du hast ein Stipendium!“

„Du kannst springreiten!“

Michel selbst war blass geworden, aber er lächelte und seine Augen blitzten vor Begeisterung. Er fing Milas Blick ab und sie konnte erkennen, was seine Lippen stumm formulierten: „Danke!“

Sie nickte.

Nachdem der ganze Saal in den Beifall eingefallen war, wurde bald wieder ein allgemeines Gemurmel hörbar, als sich alle unterhielten. Frau Steinbach war von einer Menschentraube umringt und Mila bewunderte, wie sie sich gelassen und ruhig bemühte, auf alle Fragen der Eltern eine Antwort zu finden.

Mila plauderte mit den Eltern ihrer Freunde, als Elisa zu ihr an den Tisch kam.

„Hey, Mila“, sagte sie. „Ich wollte dir nur gratulieren. Ich habe deinen Ritt gesehen. Du warst super!“

Mila wurde rot vor Freude. Es bedeutete ihr viel, das von Elisa zu hören!

Tamara kam hinzu. „Ja, das finde ich auch, Mila. Du hast Großartiges geleistet, in den wenigen Wochen, in denen du hier bist. Meinen Glückwunsch!“

Mila wusste gar nicht, wohin mit sich, als nun Bewunderung von allen Seiten erklang.

Auf einmal legte jemand Mila eine Hand auf die Schulter. Es war Nele. Sie lächelte Mila an.

„Meine Eltern haben ein Zimmer in einer Pension gemietet. Der Vermieter hat ihnen schon vorher angeboten, ein Bett dazuzustellen, wenn die fleißige Internatstochter dort übernachten möchte.“ Sie grinste. „Fleißige Internatstochter. So sehen die uns also hier!“

Mila freute sich. „Das ist toll, ich wünsche dir viel Spaß!“

Nele nickte. „Ja, aber für dich heißt das vor allem, dass Aurelie in meinem Bett schlafen kann.“

Mila sah sie mit großen Augen an. „Ehrlich?“

Nele nickte. „Na klar. Aber keine rosa Pferdebettwäsche aufziehen, klar?“

Mila umarmte sie. Auch Aurelie, die natürlich alles mitangehört hatte, bedankte sich herzlich.

Als Nele gegangen war, meinte Aurelie: „Ich glaube, in Nele hast du eine echt gute Freundin gefunden.“

Mila legte den Kopf zur Seite. „Ja, obwohl sie manchmal sehr zickig sein kann. Aber wenn's drauf ankommt, ist sie immer für mich da.“

„Redet ihr von mir?“, fragte Charly, die zu ihnen gestoßen war.

„Ja, du natürlich auch!“, kicherte Mila.

Dann entdeckte sie, dass sich schon wieder irgendjemand langsam durch die Tür schob. Aber – war das nicht – ein Pferdekopf? Gebannt starrte Mila zur Tür. Sie wurde weiter geöffnet und – herein schlichen Tini und Renate!

Allmählich wurden auch andere auf das merkwürdige Gespann aufmerksam. Merkwürdig vor allem, weil die dicke kleine Renate ein unglaubliches Kostüm anhatte! Mila konnte gar nicht aufhören, sie anzustarren! Michel folgte ihrem Blick – und sprang auf. Er lief rasch zu Tini und sprach mit ihr. Dann drehte er sich um und klatschte mehrmals laut in die Hände. Das Gemurmel im Saal verstummte und Michel rief:

„Meine sehr verehrten Damen und Herren, ich darf Ihnen nun die Hauptattraktion des Tages präsentieren: die Kirschprinzessin auf ihrem braven Kirschpony!“ Er trat zur Seite und machte den Weg frei für Tini, die wie eine wunderschöne kleine Prinzessin verkleidet war – und für Renate, die aussah wie eine riesige dicke Kirsche.

Mila lachte und klatschte laut mit dem begeisterten Publikum mit.

Tini reckte sich und ritt langsam auf ihrer dicken roten Kirsche voran. Das Krepppapier an dem seltsamen Gerüst, in dem Renate steckte, raschelte und flatterte. Rechts und links von Tini ragten zwei grüne Stangen wie Dreiecke in die Höhe, die über ihrem Kopf zusammenliefen – das waren dann wohl die Stiele, vermutete Mila. Sie legte ihre Hände vor den Mund, damit Tini nicht sah, wie sehr sie lachen musste.

Mit prinzessinnenhafter Anmut reichte Tini nun von ihrem hohen Kirschross kleine Gaben herunter. Es waren die Keks-Hufeisen mit den Glücksbotschaften, die Mila und Tini gebastelt hatten. Als Tini bei Mila ankam, flüsterte sie: „Wie mache ich mich?“

„Ganz fantastisch!“, rief Mila, streckte sich und gab Tini einen dicken Kuss auf die Wange. Ihre Cousine strahlte. Dann ritt sie hoheitlich weiter durch die Reihen. Jeder der Anwesenden wollte nur zu gern einen kleinen Glücksbringer von dieser tollen Kirschprinzessin ergattern. Als Tini schließlich fertig war, gab es noch einen Abschiedsapplaus, dann führten Mila und Michel sie auf die Flure hinaus.

„Auf der Obstwiese hätte es besser ausgesehen, zwischen all den blühenden Bäumen“, beklagte sich Tini.

„Auf keinen Fall“, sagten Mila und Michel gleichzeitig.

Tini sah erstaunt auf. „Meint ihr nicht?“

„Nein!“ Mila schüttelte den Kopf. „Es war wirklich grandios, wie du durch die Menge geritten bist, Süße. Wie eine echte Prinzessin.“

Tini freute sich. „Und wie findest du Renates Kostüm?“

Mila betrachtete das Pony. „Wirklich … unglaublich!“

Stolz ritt Tini durch die Eingangstür, die Michel ihr aufhielt. Er hielt Mila am Arm zurück und flüsterte: „Dafür habe ich extra Fotos von Renate gemacht und sie komplett ausgemessen. Das *unglaubliche* Kostüm musste doch passen!“

Mila ging ein Licht auf. Ach, *das* war der Grund gewesen! Er hatte also gar nicht Adesso fotografiert, sondern Renate. Um das Kostüm vorbereiten zu können!

Verlegen sah sie Michel an. „Sorry, wenn ich komisch reagiert habe.“

Michel schmunzelte. „Schon gut. War ja auch seltsam, grad nach der anderen Foto-Geschichte.“

Mila genierte sich und wurde rot. Sie beschloss, Michel von nun an immer zu vertrauen. Dann seufzte sie. Damit war hoffentlich endlich auch das letzte Geheimnis gelüftet!

Ruhe nach dem Sturm

Als die drei aus dem Stall zurückkamen, leerte sich der Speisesaal ganz allmählich. Mila und ihre Freunde sammelten sich, um Frau Käthe und dem Küchenpersonal beim Aufräumen zu helfen, doch Frau Käthe stemmte die Hände in die Hüften. „Aber nein, ihr Lieben! Genießt den übrigen Abend. Ihr habt mir schon so viel geholfen. Den Rest machen meine Küchenfeen und ich.“ Dann beugte sie sich zu Mila und flüsterte: „Die Küchenhelfer bekommen jedes Jahr ein Dankeschön von mir.“

Mila zog die Augenbrauen hoch. „Aber Frau Käthe, wir machen das doch gern!“

„Ich weiß, ich weiß“, meinte die gutmütige Köchin. „Trotzdem. Ihr dürft gleich mal in den Stall hinüberlaufen. Da wartet eine Überraschung auf euch.“

Mila zog die anderen Schüler rasch ins Vertrauen und alle liefen durch den Glasbau zum Stall. Es war düster, denn der Himmel war immer noch dunkel vom Sturm. Im Stall brannten nur wenige Lampen. Mila trat als Erste durch die Tür – und hielt den Atem an.

Im Gang standen die langen Tische von der Obstwiese! Gedeckt mit feinen weißen Tischdecken und glitzernden Gläsern. Punsch- und Saftkaraffen standen bereit, ebenso wie silberne Tabletts voller kleiner Naschereien.

„Pralinen und Lakritze“, juchzte Charly und schob sich sogleich ein Schokoladentäfelchen in den Mund.

Auch Nüsse, Chips und Käseplatten waren hübsch garniert.

„Ah!“ und „Oh!“ schallte es, als die anderen Schüler und ihre Eltern hinzukamen.

Die Pferde hoben aufgeregt die Köpfe und stapften im Stroh hin und her. Sie wurden rasch beruhigt und ausgiebig geknuddelt.

„Charly, komm“, flüsterte Mila und zog sie an der Hand mit sich.

„Wohin denn?“, wisperte Charly zurück.

„Es fehlt noch was“, fand Mila.

Sie liefen zwei Ställe weiter, zu der Tür, hinter der die Kirschlampionkette verstaut war.

„Ach, unsere schönen Lampions!“, rief Charly.

„Genau, die können doch nicht ohne Einsatz bleiben“, meinte Mila.

Gemeinsam schleppten sie die Lichterkette und eine Verlängerungstrommel zu ihrem Stall. Die anderen waren gerade dabei, sich zu setzen. Mila und Charly hängten die Lampionkette vor die Boxen. Das war gar nicht so einfach, denn sie mussten sie so anbringen, dass ihre Pferde nicht daran knabbern konnten.

„Vanilla, du bist ja schlimmer als Renate", schimpfte Mila und schob den hübschen Pferdekopf zur Seite.

Schließlich hatten sie es geschafft. Mila steckte den Stecker ein und zwölf Kirschen warfen ein warmes rotes Licht.

„Wow, toll", lobten die anderen.

Mila und Charly setzten sich zu ihnen und schenkten sich Punsch ein. Natürlich Kirschpunsch!

„Na, ihr habt hier aber ein feines Leben", wisperte Aurelie.

Michel hustete betont. „Hm, immer ist es hier nicht so fein."

„Aber das liegt nur an den schmutzigen kleinen Schülern", ertönte eine Stimme aus der hinteren Stallecke.

„Herr Gründgen, kommen Sie und feiern Sie mit uns!", rief Mila.

Er freute sich darüber, das konnte sie sehen. Er kam direkt auf sie zu und raunte ihr ins Ohr: „Ich habe gehört, dass du Michel sehr geholfen hast. Danke dir vielmals, Mila."

Er drückte ihre Schulter. Mila legte rasch ihre Hand auf seine und drückte zurück.

Dann setzte Herr Gründgen sich mit an die lange Tafel und begann, die schönsten Geschichten aus dem Stall zum Besten zu geben.

Doch irgendwann unterbrach Michel ihn und sagte: „Es gibt etwas, was ich euch noch gar nicht erzählt habe."

Alle verstummten.

„Als ich mit dem alten Ole draußen auf dem Meer war, da ist mir etwas sehr Gruseliges widerfahren“, flüsterte er mit heiserer Stimme.

Mila spürte, wie sich die Härchen an ihren Armen aufrichteten. Wie gut und mitreißend Michel erzählen konnte!

„Der alte Ole spricht nicht viel“ fuhr Michel fort. „Also war ich mit meinen Gedanken allein. Es war windig und kalt, die Wellen warfen den Kutter hin und her – die raue See lässt sich nicht gern ihre Schätze stehlen. Ich hatte Schwierigkeiten, mich auf den Beinen zu halten, so zerrten die Wellen an unserem Schiff. Einmal griff ich an die Reling, um mich festzuhalten und wurde gegen die eiskalte Eisenstange gedrückt. Mein Blick fiel auf das dunkle, schäumende Wasser und dort …“ Er machte eine spannende Pause. „… starrten mich zwei tiefblaue Augen an. Eiskalt und ohne jedes Gefühl. Ich konnte kaum atmen, der Blick hielt mich in seinem Bann. Ich spürte, wie ich wie magisch angezogen wurde, und beugte mich tiefer …“ Er sah auf. Mila starrte ihn mit weit aufgerissenen Augen an. „Da riss der alte Ole mich nach hinten“, brüllte Michel. Alle zuckten zusammen.

Michel grinste. „Als ich wieder nachschaute, war das Gesicht natürlich weg. Aber wenn ihr mit dem alten Ole aufs Meer fahrt – hütet euch vor der schäumenden Gischt!“

Franzi boxte ihm so herzhaft gegen die Rippen, dass Michel das Gesicht verzog. „Mensch, Michel, das war megagruselig! Lass das gefälligst!“

Michel lachte. „Ihr hättet euch sehen sollen!“, wieherte er.

Mila hob nur eine Augenbraue und meinte: „Das bekommst du zurück, Michel Gründgen.“

„Was denn?“, fragte Michel unschuldig. „Das ist der Seemann in mir, du weißt schon!“

Der Regen peitschte noch immer gegen die Scheiben und der Sturm heulte – aber von der siebten Klasse wurde im Stall ein wunderbares kleines Fest gefeiert, dessen fröhliches Lachen jeden Wind übertönte.

Glücklich lehnte Mila sich gegen Aurelies Schulter. „Gut, dass du da bist“, flüsterte sie. „Danke.“

Aurelie umarmte sie. „Ich bin auch froh, dass ich noch ein bisschen an deinem Leben teilhaben kann.“

Mila nickte. „Aber immer.“ Und plötzlich wusste sie, wem sie das letzte Armband schenken würde. Sie drückte Aurelies Hand und flüsterte: „Ich hab nachher noch etwas für dich!“

Mila lächelte selig und schaute sich um. Ihr gegenüber saßen Michel und Jan. Mila sah sie scherzen und lachen und freute sich, dass alles so gut ausgegangen war. Alles war wieder in Ordnung. Ihr Magen war ruhig und entspannt, jede Sorge war verflogen.

Charly war ihre beste Freundin, mit Nele wurde es immer besser. Auch mit den anderen Mädels und Jungs verstand sie sich gut. Michel war ein prima Freund. Und Jan war – ja, was eigentlich? Aber das war Mila gerade ganz egal. An diesem Abend fühlte sie sich einfach nur unglaublich glücklich.

Emma Norden wurde 1978 geboren und malte sich schon als kleines Mädchen aus, Schülerin eines Reitinternats zu sein. Gerne wäre Emma so wie Mila und würde mit ihrem Traumpferd Adesso spannende Abenteuer erleben. Aber statt am Strand entlangzugaloppieren, schreibt sie fleißig Geschichten und wird von ihren Kindern auf Trab gehalten.

Wie alles begann:

ISBN 978-3-7855-8323-4

Springturniere, Schleifen und Pokale? Das alles braucht Mila nicht – denkt sie jedenfalls. Aber als sie ungewollt Schülerin im Pferdeinternat Inselglück wird, findet sie heraus, dass sie ein echtes Naturtalent ist. Auch ihrem Pferd Adesso macht das Springreiten Riesenspaß. Doch Mila hat mit neidischen Mitschülern und einem schwierigen Parcours zu kämpfen. Wird sie sich im Internat behaupten können?